白鹤

李昌海 著

长江出版传媒

长江文艺出版社

李昌海

  1963 年生，湖北潜江人，在《诗刊》《北京文学》《长江文艺》《芳草》《滇池》《星星》《扬子江诗刊》《诗歌月刊》《诗潮》《草堂》等发表诗作。

目　录

错过 / 001

车站 / 003

最后的子弹射向秋天 / 004

今夜 / 005

大地 / 006

春天在歌唱 / 007

书局聆听 / 008

玉兰花 / 009

哈日图热格河 / 010

恩施 / 011

除夕 / 013

官桥写意 / 014

哐当 / 016

夕阳 / 017

棺材铺 / 018

工匠 / 019

夜谈 / 020

地铁一幕 / 021

稻城 / 022

车过重庆 / 023

在芭蕉乡 / 024

在大冶尹家湖畔访刺绣大师刘小红 / 025

开门大吉 / 026

我只想要一间天堂 / 027

合唱团 / 029

八月二十九日，神农架机场 / 031

放风筝 / 032

在地铁青鱼嘴站 / 034

渡 / 036

过长江隧道 / 037

致半夏 / 038

城市的节奏 / 040

在家 / 041

云朵 / 043

小行星 / 044

静物 / 045

沉 / 046

湖边陪友人饮茶 / 047

梅雨 / 048

白云河畔观垂钓 / 049

隐 / 050

在此筑巢 / 052

绝对的运动 / 053

摇曳 / 054

清晨的鸟鸣 / 055

对应 / 056

厚重的声响 / 057

桂花 / 059

在南锣鼓巷 / 060

颠簸 / 061

绝壁 / 062

大雪 / 063

雪的叙事 / 064

心事在天上 / 065

一条大河或夜宿枝江 / 066

送别 / 067

不期而遇 / 068

无题（一）/ 069

短章 / 070

新年第一天 / 072

屈原扶了他一把 / 073

白 / 074

一只小鸟 / 075

春天的湖 / 076

无题（二）/ 077

回到白鹭湖农场 / 078

途经318国道团风至罗田段 / 080

垂钓 / 082

打连枷 / 084

栀子花开 / 085

抽藕带的女人 / 086

古铜色 / 087

生命 / 088

浮岛 / 089

小农闲 / 090

响亮 / 092

吹萨克斯的男人 / 093

贴近尘土 / 094

让甜蜜站起来 / 095

忽左忽右 / 096

两只南瓜 / 097

山中，八月十五 / 098

萤火虫 / 099

老妇人与猫 / 100

空隙里的舞者 / 101

一辈子辜负自己的名字 / 102

站在桥上拍照 / 103

郭家岭无人姓郭 / 104

山中的日子 / 106

街边剃头师傅 / 107

叠衣服 / 108

隐喻 / 109

大别山行记 / 110

护坡 / 111

无题（三） / 112

负暄图 / 113

晨练 / 114

上坟记 / 115

过年 / 116

没有缺席 / 117

艳阳天 / 118

大理石 / 119

火苗 / 120

山中再访友人 / 121

深夜 / 122

内部 / 123

吹长号的人 / 124

自画像 / 125

无题（四） / 126

京山孙桥镇某园艺场所见 / 127

穿山 / 128

杜鹃啼血 / 129

野山关 / 130

白鹤 / 131

包粽子 / 132

苍鹭 / 133

一点 / 134

鸭司令 / 135

高考记 / 136

植牙 / 137

落水坪夜之声 / 138

刨土豆 / 140

清江垂钓图 / 141

在利川凉雾乡考察民俗 / 142

火 / 143

唇印 / 144

苍山之顶 / 145

坐缆车 / 146

过鄱阳湖大桥 / 147

好大一个青花瓷 / 148

壬寅八月十五观月，兼致友人 / 150

丢手绢 / 151

晚来的桂花 / 152

刁子鱼 / 153

大别山的虎 / 154

一勺幸福 / 156

背唐诗 / 157

从心所欲 / 158

取火 / 160

冬日即景之一 / 161

冬日即景之二 / 162

辞旧迎新 / 163

轮回 / 164

什么也不说 / 165

腊月 / 167

迎春 / 168

三江馒头 / 169

早春 / 170

一地羽毛 / 171

三个诗人 / 172

谷壳与鸡蛋 / 173

席梦思 / 174

玉兰辞 / 175

读蒋捷《虞美人·听雨》 / 176

灰色与青色 / 177

收灯笼 / 178

我亲爱的小龙虾 / 179

一家人 / 181

时代广场 / 182

在九峰山公墓 / 183

融化 / 184

旋转的陀螺 / 185

采石场目击记 / 186

高速路上的修持 / 188

鸡在高速路上飞奔 / 190

机器人素描 / 191

梦后记 / 192

粽叶是什么叶 / 193

白云谷 / 194

一道蓝光 / 195

四月的江汉平原 / 196

舵 / 197

兴隆水利枢纽工程印象 / 198

无题（五） / 200

暑中有虎 / 201

爱情 / 202

凭吊 / 203

知了龙 / 204

精灵 / 205

打开与折叠 / 206

星期六的早晨 / 207

金色的寺庙 / 209

游张掖七彩丹霞 / 210

玉树 / 211

万里长江第一湾 / 212

草原节日 / 213

甘南之绿 / 214

女儿 / 215

火，或旗帜或红蜻蜓 / 216

神的女儿 / 217

风景 / 218

茅田乡的月亮 / 219

访茅田乡 / 220

登山 / 222

一栋高楼矗立湖边 / 224

芒果之光 / 225

秋雷 / 226

迂回的捷径 / 227

观垂钓 / 228

陪孙女观儿童剧 / 230

无题（六） / 232

磐石 / 233

逐日　/　234

破绽　/　235

青城山问道　/　236

太古里漫步　/　237

听一场诗歌讲座　/　239

江滩公园　/　240

夜间飞行　/　241

波兰原野　/　242

北欧之冬　/　243

镜子　/　244

科苏特广场　/　245

深巷　/　246

交响乐　/　247

哭三舅　/　248

被鲜花簇拥久了的人，也会成为鲜花　/　250

岁月交替　/　251

碧潭观鱼　/　252

错　过

你坐，你坐
一辆公共汽车上
两位素不相识的老者拉来扯去
谦让一个座位

满车厢的人都笑了
笑他俩是不是
孔子教过的弟子

年长的老者
拗不过年少的老者
终于赧然坐下

一个提起工厂上班的往事
一个说及眼下养老院的话题
你一言我一语

像是再熟悉不过的老街坊
这辆从冬开到春的公共汽车
在中北路中南路上越走越稳当

以至于我，只顾打量两位老者
从头到脚的和善

错过了好几站

2014.12.01

车　站

车站，是一个怪物
将四面八方的人集合起来
又分向四面八方

时间，在这里挤在一起
然后分配给手机、瓜子
给头枕鼓鼓囊囊编织袋
的鼾声

车站，是一个光源
通向四面八方的铁轨、水泥路
就是它射出去的光芒

2015.08.24

最后的子弹射向秋天

从射出第一粒子弹那刻算起
就不曾停止
红的子弹、紫的子弹、白的子弹

那些比枪管细长得多的枝条
究竟藏有多少粒子弹
每一株紫薇的根部
究竟建有多大的兵工厂

一入九月，啪啪啪
子弹便愈发密集
不管不顾，似乎非要把
九月的天空射出一个大窟窿

2015.09.04

今　夜

今夜，住宿磁湖之边
即便是关上了窗子
一些星星还是从窗的缝隙
挤进了房间

我拿什么招待这些小精灵
端一盆清水
让它们沐浴
洗去穿过人世间的浮尘

2015.10.16

大　地

秋收之后，大地肃穆
此时，泪水总是重于稻穗
如果没有土地的辽阔
我们拿什么养育儿女
如果没有土地的仁慈
我们拿什么埋葬祖先
正当我要躬身礼拜土地
突然它站起来
用一片遗落在怀中的羽毛
轻轻拭去我的泪滴

2015.12.30

春天在歌唱

"在那遥远的地方，有一位好姑娘"
披一床毛毯，坐在轮椅上的老人

一遍一遍唱着她心爱的歌曲
把一段老的故事、一颗老的心灵

钻石般掏出来，放在北方初春的
阳光下晾晒

中风蒙住了她的双腿
但捆缚不住她的歌声

谁配得上听这首歌曲
谁就可以走过来倾听

大半天过去了，没有一人
向这颗永不褪色的钻石，靠拢

2016.03.06

书局聆听

四面书架，临时围成
一个小小的磁场
授课人是一位老者
一落座就是一本线装书
一开口历史便开始流动
聆听者，似乎事先接到了
统一的指令
一双双耳朵饥饿地
扑向麦克风
眼看，那些挤在书架背后的旁听者
也渐渐鼓起思想的肌肉
今夜，书局的灯光
照亮古今

2016.04.07

玉兰花

真正的敬礼，应该是
捧出华丽的酒杯
白色的，紫色的
两盏下肚
春天的身子骨就硬起来了

2016.04.07

哈日图热格河

一定有一位勤劳善良的额吉
蹲在需要我们抬头仰望的地方，不舍昼夜

挤奶，把每一座山头的白雪
挤成白花花的牛奶

一路哼着长调短调奔下山去
一半喂养草原田畴，一半喂养蓝色天际线

2016.10.15

恩　施

舀一瓢云雾，泡一壶绿茶
时间按住我的肩膀

一对对白鹭从早晨穿过黄昏
澄澈的贡水河、溇水河面上

擦出怎样白色的火焰
坐下来，和黑木耳、水木耳

一起张大耳朵，谛听
《六碗茶》和《黄四姐》

树液、花粉和不会鸣叫的昆虫
传递密码

这里，所有的雨滴落下
都不会疼痛

每一片树叶草叶都是柔软的床
一手牵起炊烟，一手牵起白云

只有在这里，才可以

与神仙平起平坐

2016.11.01

除 夕

这一天
将城市平日的拥挤
切割成水晶糕云片糕
打包运向乡下老家

也只有这天
我才可以骑一匹白马，携一壶酒
在空出来的街道和地铁里
放牧

这一天
将办公桌上的积案
压缩成一杯茶的容量
打开窗户，让春风
在无遮无拦的桌面上
奔跑

这一天
将心中疯长一年的野草拔尽
只为家人围坐的火盆腾出空间
一朵火苗映红爹娘，一朵火苗照亮新年

2017.01.27

官桥写意

午夜，一只布谷鸟
突然想起白天
该唱没唱的一段旋律
于是轻轻地翻了个身
轻轻地独唱

在梦中
我握住了一段鸟鸣
直到啄木鸟清晨
演奏打击乐
推开厚重山门

每片树叶的叶尖上
停泊几滴露珠
不是天空的泪滴
是乳汁或珠宝

蹿出几米高的新竹
头戴着母体的胎衣
旗帜一样飘扬

伸向湖中的红亭子
是村庄额头上

显目的一颗
朱砂痣

2017.06.12

哐 当

哐当——
睡梦中惊醒的妻子
脱口而出
"砧板落下来了"

起身跑进厨房
果然，挂在墙上的砧板
连同挂钩
落了下来

妻子像熟悉自己身体的部件一样
熟悉家里摆放的每一个物件
家中的大事小事
无不落在她的心上
落成一颗颗钉子

2017.06.12

夕　阳

东湖边，几栋高楼
被熊熊夕阳点燃
一半在岸上燃烧
一半在水中妖娆

2017.07.13

棺材铺

蜷缩在小城市一角
但它黑色的漩涡
吞噬了所有的白光

2017.07.13

工 匠

乌桕和银杏
是杰出的工匠
从春到夏，从夏到秋
日复一日地锻打
直至深秋
将每一片叶子
打磨出金灿灿、红彤彤的金属
秋风一吹
山间便回荡起
铜管乐的旋律

2017.11.11

夜 谈

冬夜，四个年过半百的人
围坐成一团火
青春，从未冬眠
窗外，一直静听我们交谈的
湖中枯荷
提前回到如火的夏季

2017.12.03

地铁一幕

车厢内挤成一团的耳朵
不约而同地聆听
一个声音
"妈妈，给孩子多喝水
别让他（她）呛着了"
这是一个年轻妈妈
打给自己妈妈的电话
她不像是出远门、走很久
（手上没有行李）
手机刚刚放下
又拿起
"妈妈，今天太阳蛮好
把他（她）的被子
拿出去晒晒"
列车有些颤动
我担心
她再次拿起手机
会将乘客和地铁
一起点燃

2017.12.11

稻　城

稻城，海拔三四千米
找不到半亩稻田
这里的稻田在天上
漫天繁星就是莹莹稻米
迎面而来的藏民
脖子上手腕上的串串佛珠
也是稻米

2018.09.20

车过重庆

长江在此收腹
我在站台盘桓
停站六分钟
我紧紧抓住这短暂时光将弓拉满
第一分钟张望弟弟一家
居住的小巷
第二分钟问弟弟
"近期房租是否上涨"
第三分钟想知道
火锅是否沸腾了他们的生活
第四分钟对弟弟说
"在渝在鄂都是在祖国"
第五分钟告诉弟弟
"母亲近来无恙"
最后一分钟，我想把车开到山顶
让动车的鸣笛与我一起
向弟弟呼喊
"秋色渐浓，多添衣裳"

2018.09.23

在芭蕉乡

在芭蕉乡，只想芭蕉
芭蕉是一个女子或者一群女子，会吟诵
易安的词。能背起背篓把山路走疼

她们亮出的山歌比清江水还多
无论你在山坳还是在屋旁
她们四季都是绿肥红瘦
我曾拉住芭蕉的手问：可否与我远行?

2018.09.25

在大冶尹家湖畔访刺绣大师刘小红

能长出铜矿和青铜器的土地
也能长出绣花针
从祖母手中传下来的绣花针
从未生锈
你说，绣花没什么诀窍
学蚕吐丝就好了
作茧自缚，或沉入湖底
穿针走线，巢针绣，盘金绣，打籽绣
十八般武艺
每一个动作都是赶着大象穿过针眼
最终金鱼图、牡丹图、星云图
跃出水面
——山河锦绣如画

2018.11.25

开门大吉

三个儿子都住在镇上
除夕，儿子们将八十多岁的
老父亲从乡下接到镇上
吃完团年饭，老人执意
回到自己孤身独守的老屋
老人对儿子们说
"大年初一怎么能不开门呢？
怎么能把年挡在门外呢？"

2019.02.07

我只想要一间天堂

榛子乡，有着仙境的高度
在海拔一千二三百米的地方
高浓度的负氧离子
擦亮这里四季的天空
鸟鸣，被晨露洗净
如果你觉得炊烟太孤单
那就在禾场点燃一堆火
烤熟的土豆和苞谷
和锅灶煮出来的米饭
簇拥的香气依偎
你觉得清风岭的风太凉
那就跳进一盏粮食酒
让身子从头到脚暖一暖
你可以前往板庙供奉观音
掸去身心的尘垢
向前一步，完成菩萨的进阶
七月的玉米林
气象不凡，叶子喧哗
碧玉般的线椒螺丝椒
带着高山蔬菜的肌质
从地里超脱出来
比它们的主人一辈子
走得还远

走进了西安合肥的厨房
等到秋夜
当你无事可做
可以左手一把榛子
右手一把星子
人间有不少天堂
苏杭与成都还有香格里拉
而我，只想要
榛子乡这一间天堂

2019.07.21

合唱团

也不知是谁打出旗帜，说集合就集合
一支纯业余队伍，每个周四晚
像钉钉子一样
聚在小区活动室

有主妇，有老人
其中自有身份重叠的
只要一走进活动室
那些中年人、老年人

就回到了青春期
一个个收腹挺胸
凭借老师制造的肺叶
随时准备穿透和爆发
"我——要——歌——唱"

就这一句歌词
老师要教唱十几遍
但没有一位心烦意懒
两排牙齿像老虎钳
咬住每一个字

气息用熨斗熨过

节奏被一根绳子牵着
唱到最高音处
老师要求双肩上提
仿佛要求这群歌唱者
拔高自己的人生

2019.07.25

八月二十九日，神农架机场

刚从云上下来
双肩还披着云的光芒
抬头想感谢一声
却看见云的另一种模样
它们像是被钉子钉在蓝天上
呼不应，赶不走
再看，又像是一头头肥羊
被肥美的青草
拴住了嘴巴
我更相言，是神放牧着它们
神，要它们去天边
它们就去天边
要它们下凡
它们就下凡

2019.08.30

放风筝

七八个老人
骑着电瓶车，每天
来此集合
抽完两支烟
便走上操场
在高楼的缝隙中
仰望高贵的蓝天
双手稳住风筝线的轮盘
一收一放，忽左忽右

那些老鹰、大雁上天了
过去没做成的事，现在
想做的事，全放在天上
突然，一只大白鸟
飞进缤纷的风筝群
滑翔来，盘旋去
不知道和哪只鸟
亲近才好

有时，风放假了
一只风筝也飞不上天
但这群老人

明天还会再来

2019.10.19

在地铁青鱼嘴站

地铁到达青鱼嘴站
在星期天的上午七点半
只有我一人下车

当我回到地面
宽阔的马路，无人
当然，也看不见河流
和千重水浪

肯定，看不见一条
快乐游戏的青鱼
青鱼嘴没有了青鱼
只剩一个地名

地铁到达这里之前
这里当然湖泊浩荡
青鱼在河流里下沉
游动，在白鲢草鱼之下

以它青黑色的脊背
在水草编织的暗处鼓鳃
穿梭，如地下列车

从它的体内，脱颖而出
一条孤独的青鱼
在站名做短暂的停留
和回望

2019.11.24

渡

半夜三更，隐隐的马达声
轻轻将我推醒
渔船，是出海
还是满舱归来
我确信是来接我
去渡——苦海

2019.12.08

过长江隧道

这一刻，世界发生颠倒
我们头顶着长江

鱼流动在我们的上面

从来，是我们俯视
江河和江河中的鱼

地铁的乘客，会不会意识到
我们脱离了正常轨道

我沉默不语，肃然敬候
游鱼，颁给我们一道圣旨

2019.12.15

致半夏 ^①

将心脏缩小成
瓢虫心脏般大小

把身体放低至
和蚂蚁相同的高度

沿着蜘蛛网的路线行走
知道草蛉的家

借用蜻蜓的复眼审视
另一个世界

在一片叶子的边缘
以普洱、玉溪的方言
与虫漫谈

一次雨后
辽阔野地在召唤

一头钻进草丛和灌木丛
再也走不出来

———————————

① 半夏为《与虫在野》的作者。

你的背影的

是一只凤蝶

2019.12.19

城市的节奏

从武汉火车站到天河机场
从起点到终点
潮起潮落

第一拨乘客坐好了
还有不少虚位以待
一站比一站充实
楚河汉街挤出一个小膨胀
江汉路和中山公园
展开大交换
到了金银潭，地铁才喘了口气
那么多乘客泄洪般下车
好像抢着去淘金拾银
过了巨龙大道，地铁就真的
像一条巨龙腾跃地面
航空总部站，地铁又钻回地下
地铁起伏如波浪的轨迹
终点站到了，地铁吐空
潮水回落到海平面之下，一回头
潮水又开始升起汹涌
你听得见一座城市的心律

2020.01.11

在　家

在家，用小楷给自己写一封长信
不落下一个华丽的字眼
也不必全是山石累累

在家，按住内心的澎湃
问问自己，有哪位英雄还来不及致敬
有哪位受难的人已被遗忘

在家，对着镜子
刮尽脸上的风尘
毫不迟疑让新年的春色上妆

在家，踮起脚来仰望天空
每一颗星星都能代表一个皎洁的清晨
每只鸟儿都能替你去远方飞行

在家，吹灭烛台
一分一秒地数
你会触摸到时间的起伏

在家，需要抱紧我们的城市
让骨头与骨头

擦出火花

2020.01.29

云　朵

楼上，一对儿童踢踏脚步
他们把客厅放大成运动场
他们的踢踏深入我久未动弹的膝盖
似乎还踩着滑板，那更好
飞起来，高过这座城市
我希望他们的动作更猛烈一些
从天花板上踢下两朵白云

2020.02.04

小行星

欢乐谷的过山车
轰隆隆，重新转起来了
年轻人和孩子们的惊叫声
在空中甩来甩去

轨道发烫，对接上夏天的热度
不远处的商业街，几把电钻
突突突为装修门店挺身而出

一座城市像是从水底被打捞出来的
像一颗小行星，开始运转

2020.05.31

静　物

一双帆布手套，躺在刚刚
修补的辅道上
手心朝上，手已空虚
从手套粗壮的手指
可以触摸，那是一双
握过铁锤的手
一双搬运钢筋水泥的手
一双手套，躺在地上
等着一双粗糙的手回来
所有路过的人，绕道而行
没有从它们之上跨过

2020.06.10

沉

湖边，两个不相干的男人
保持一定距离
各自将头埋在微信里
哪怕遭受蒲丛里蚊群的攻击
他们也一动不动
我担心，坐下去
他们会沉入湖底

2020.06.13

湖边陪友人饮茶

一壶铁观音，没有铁块
唯有观音柔肠，急性子
接受一盏盏小茶盅的磨炼

漫溢出来的茶香
覆盖国画里的山川
谁在湖面上举起荷花盏

隔窗与我们对饮
一支箫管横吹，恍惚间
将我们拂向山中

2020.06.25

梅　雨

仿佛人间有什么不可原谅
今年梅雨季节的雨，下得铺天盖地、不依不饶
天地间只看得见雨的轮廓
甚至，有人听见了涛声

我听到来自乡野的忧伤
水稻爱水，但不喜漫过脖子的水
旱田家族里的棉花黄豆站在水中呼吸
缩着脖子待在屋檐下的鸡群念着咒语

我也看见城市的苦痛
积水将快递员由骑手变成水手
在一处称为"锅底"的低洼处
移动泵车像巨兽蹲在水中
呼吸，有人干脆叫它"龙吸水"
水务员工守在漩涡不绝的井口，将自己
站成亮黄色的灯塔

是谁呼风唤雨在整个梅雨季
我的肉身不得安宁，更不想
饮一壶梅子酒自醉

2020.07.08

白云河畔观垂钓

河水暴涨后，雨就停了
钓竿从树荫下横挑出来
把自己种成一棵树
目光牢牢钉在浮漂上
风吹不动，水流不动

一生之爱，就是紧紧怀抱一条河流
用最腥的鱼饵，招引最强的攻击
愿者上钩
不愿者祝福

2020.07.26

隐

按说，一身玄衣的乌鸦
最有资格做隐士
但它们却在树林上，在苞谷地
飞来飞去，而且"哇——哇——哇"
大喊大叫，根本做不到
鸦雀无声，倒像不少冤屈在身
想当隐士能当隐士的
倒是那些从喧哗和繁华中
走出来的城里人
放走体内的野兽，褪尽浓郁的色彩

无挂无碍转身跑进大山
偏于一隅的榛子乡
沉入这里的安谧
将自己化身成一滴露珠、一粒星光
最后深入一粒榛子之中
"我有可能被束缚在果壳之中，
但把我自己视为无限空间之王"①

也有修炼不到家的
时隐时现，如候鸟

---

①　哈姆雷特语。

在隐与非隐之间
缱绻徘徊

2020.08.15

在此筑巢

昭君走了
但给昭君留下一座别院

香溪河瘦了
但送香溪河一道大坝和一河白帆

山坡四季挂满金果
酿出人间甜味

来吧，这里每一座青山、每一堵白墙、每一颗星星
都能对应你灵魂的缺口

一场大雪纷飞
苞谷酒和火垄，点燃你体内的火焰

如果你在一场春雨中走失
陈旧的骨头会发出新芽

我更愿做一只鸟
在此筑巢

2020.08.17

绝对的运动

高铁将我们从东部
转移到西部
子弹穿山越水
车厢内的过道上
一个孩童在跑动
他一定会跑到子弹的前面

有时，我们感觉一动不动
是平原和山川轮番穿过我们

空气瞬间形成风暴
你或许看得见自己的前世

世界不会静止，运动是绝对
绝对到不少人跑不出
一个又一个的迷惑

2020.08.30

摇　曳

不少山里人，喜欢
孤零零地住在一处
不善言辞

他们与山中的
一棵栗树、一粒土豆、一块石头
交谈起来，滔滔不绝

更孤绝的是有一户
将房子建在悬崖上
远远望去，他的房子

好似浮在空气中的一朵花
恐怕一缕轻风它就会摇曳起来
摇曳，是孤绝的语言

2020.08.30

清晨的鸟鸣

注满整个清晨，或奉献给清晨的
是叽叽啾啾的鸟鸣
像群山一样起伏绵延
你仔细辨听
也分不清哪一种音符
出自百灵鸟、画眉、绣眼的歌喉
它们的合唱优美壮阔
从一座山头涌向另一座山头
从一丛山林跳往另一丛山林
当我们开始用餐
它们的歌声戛然而止

2020.08.31

对 应

人世间
没有哪一种事物
能与天上的月亮
对应

海拔 1600 多米的下坝村
老谭家两只洁白丰腴
的山羊
是月亮的
浓缩版

2020.08.31

厚重的声响

高山药用植物园：一方秘境
所有药用植物
和我们是同一个家族

它们也讲究排行
一串红、二丑、三步两搭桥、四块瓦
五爪龙、六角伸筋、七叶一枝花

有的像是穿越千年的古贤士
白芨、苍术、射干，长袍迎风而立

蓟。像独来独往的武士
但也有姐妹般的温婉
它们叫玉簪、紫萁、蘘荷、凤丫蕨

它们生长在土里
与我们血脉相通
校正我们的骨骼和纤维

理气宽胸，清热解毒
止咳平喘，祛风湿，强筋骨
它们往往手到病除

秋阳之下。一枚灰色的厚朴叶
坠落在地上
发出厚重的声响

2020.09.01

桂　花

天上只有一棵桂花树
而木梓坳簇拥千万棵

谷垛般的金桂、银桂、丹桂
八月的鄂南，浮在桂花的芳香中
即便绵绵秋雨也压不住花香飞逸

在树下展开宽大的布幔
挥动青竹竿（不像吴刚抡起斧子）
拍打枝叶

四瓣儿的桂花如小仙子纷纷落下
天空顿时慌张失措
如你所见，桂花落满肩头和发间
我也成为一棵晶莹的树
浓密的叶子，没有一片
清晰告诉我们通往月光的道路

那就沿着百年千年树干往下搜索
在根部挖掘桂花茶、桂花酒、桂花糕
怀孕的秘密

2020.09.24

在南锣鼓巷

不需要敲锣打鼓
也会招来川流不息的人
更小的支流
蓑衣胡同、雨儿胡同、帽儿胡同
门神还贴在门上
百年老槐树还站在
四合院的中央
总有一些外地人
将眼贴在门缝处
打捞四合院的深度
胡同，绝非死胡同
老少爷们在墙边摆开棋局
大妈大嫂们在门口讨论
上涨的肉价和下跌的菜价
谁家一声京胡响起
很快被风儿从胡同这头
送到那头
即使在夜里，也会
蛐蛐声起伏

2020.10.03

颠　簸

飞机像一条船
在几千米的高空
剧烈颠簸
地上的人，竟然
没有一个感觉
头上顶着巨浪

2020.10.04

绝 壁

室内攀岩
风暴和猿臂一步一步向上
这群爱好者
一旦走出去
就是一堵堵绝壁

2020.10.11

大　雪

一年将尽
等白了几根头发的
一场雪
又落在了北方
山峦和原野获得高度一致的白
唯有几棵常青树是大地上的阴影
那个来自南方
穿着厚厚棉衣的人
站在阴影之外
站在词语之中

2020.12.06

雪的叙事

如果雪下在地里
雪就是粮食的样子

如果雪下在羊背上
雪就是温顺的样子

如果雪下在山谷
雪就是河流的样子

如果雪下在山坡
雪就是爬坡的样子

如果雪下在祁连山顶
雪就回到了神的位置

2020.12.06

心事在天上

在鄂南山区
生活着这样一个人
个子矮小
但心事放在天上
一年中的春夏秋三季
只要是晴夜
他就会端一把椅子
坐在自家门前
仰望夜空
一架、两架、三架飞机地数着
他说每天夜晚
总有三架飞机
闪着灯，从东向西
从他家屋顶上飞过
不左不右，一点也不偏离
仿佛三位机长都是他的亲戚
只有等到第三架飞机轰鸣飞过
他才回到屋子，安枕入睡

2020.12.10

一条大河或夜宿枝江

诞生歌曲"一条大河波浪宽"的城市
许多年过去了
大河还是那么宽
城市安静，人也安静
但江面上来往的马达
制造对峙
顺水而行的当然欢快
逆流而上的喘着粗气
河水从不停止
船只也不停止
岸边石头累累
几个喜爱夜钓的男子
一蹲下就加入了石头的阵列
那些常来江边行走的人
无非是借流水
带走一身尘土
这里的人都把长江叫大河
或许他们只接受
大河奔流
而容纳不了生活
翻江倒海

2020.12.14

送　别

广州南站
儿子送别父亲
开始检票了
儿子最后一次整理背包
轻轻放在父亲背上
然后握住父亲的右手
教他将身份证放在扫描处
有序通过必经之道
不知道儿子最后又交代了什么
一身新衣新鞋的父亲
没有回头，也没有加快脚步
面向回乡的路
他应该在整理我们看不见的东西
阳光，从透明的屋顶
投射下来，淡化了儿子的泪眼
在我的眼里
这位年轻人
脱颖而出

2020.12.14

不期而遇

一只斑鸠，倏地
从草地上弹回香樟树

我的身子同步倾斜

这不期而至的相遇
让我们彼此心动

2020.12.20

无题（一）

一位女子在湖边拍照
不慎将手机落入水中
那么多的秘密泡在水里
那么多的信息在淤泥中呼救
要命的是
这身体的器官
一旦丢失
她会更加孤独
也找不到回家的路

2020.12.20

短　章

一

枯荷，站在水里
没有水分

二

没有一把刀子能把水切开

但铁路大桥上，一根根钢梁
将江水切割成一块块三角形玻璃

三

华北平原上的坟墓
大多孤零零地

站在麦地里孤独

四

"嘎"，水边一只夜鹭
一声短促的鸣叫

将黑夜掐了一下
也将孤独的夜行人向前推了一把

五

汉口江滩的长椅
白天，抱着闲散的人
深夜，抱着江水

六

冷得蜷缩在被窝里的人
还在呼唤一场辽阔的雪

七

你在河那边，我在河这边
我们一遍一遍复述二十四节气

每一个节气的到来
都会点燃我们体内的繁华或风暴

2020.12.30

新年第一天

今天，新年的第一天
洒满人间的阳光
像是一堆点燃的新柴
万物引体向上，争取多一些光芒
就像是争得头彩
常青树的每一片叶子尽最大尺度展开
鸟儿在飞翔中伸长脖子
花坛上一只金色的猫
将阳光弯曲于脊背
一对闺蜜身着大红棉衣
走在长江大桥上，将部分华彩返回天上
小巷深处，一对老年夫妻
搀扶着走在阴影和阳光的分界线上
吃水线已降至最低，那么多的市民
来到汉水边，坚信低处能收集更多的阳光
暗冷的旧年已经撤退，新年已经降临
一只凤凰

2021.01.01

屈原扶了他一把

一位七八十岁的老人
独游东湖公园
走到行吟阁前
他小心翼翼地下蹲
但还是听见了老骨头
折叠的声音
——不朽总是让人折服
他端起相机，选好角度
尽可能让屈原雕像
贴近天空

当他重新站起来
仿佛一切都无法复原
最终，好像是更老的屈子先生
扶了老人一把
也顺手按了按东湖的波浪

2021.02.06

白

一群麻鸭，觅食在水田

其中唯一的白鸭
仿佛软体动物中
一颗尖锐的钉子

它看不见自己的白

天空下起雨来
一滴滴雨珠落在白鸭背上
溅起白色的火星

不远处的河滩上
一头水牛也是白的，懒洋洋
啃食青草

看上去，好像
河滩凹陷了
一块

2021.04.05

一只小鸟

任由我们靠近
任由我们拍照
那么小
小得像它妈妈的心脏
漆黑的眼珠，深不可测
站在马路上纹丝不动
以至于我将它
看成孩童遗失的布偶
眼睛在眨动
一只鸟
一只不小心离开了妈妈的鸟
保安说，不能用手
直接碰它，否则
鸟妈妈闻到人的气味
再也不会理它
从口袋掏出干净的餐巾纸
保安小心翼翼靠拢包裹它
这时，它才扑闪翅膀
但尚无飞行的能力
我们将它送上一块草坪
迅速撤离
不留下阴影

2021.04.22

春天的湖

芦苇丛，菖蒲丛
鲤鱼不顾羞涩
露出脊背，或掀起尾巴
或干脆让幸福跃出水面
——是板籽的时候了
春天的高潮已经到来
快看啊，此刻南方的湖
都在忙着怀孕或生产

2021.04.23

无题（二）

从东到西，从西到东
来回经过同一座城市
旅途中携带的一本诗集
作者就生活在这里

从未谋面的诗人
也不完全陌生，他的肖像
赫然印在封面上
骨相峥嵘
看上去，与这座温柔的城市
格格不入

动车上，四位相向而坐的年轻人
有滋有味地啃着鸭脖子
与车厢内的饱和格格不入

在诗人开垦的一垄垄诗行上
我走过来，走过去

2021.05.30

回到白鹭湖农场

1

一进入白鹭湖的地盘
一只白鹭的优雅便靠拢来
我们同向而行
我们隔着一场细雨
我不知道它具体的名字
但我知道它
是一位故人

2

河水满得不能再满了
油菜也有些站不稳
四月，江汉平原腹地
头重脚轻

3

曾经的浩瀚已被分割
曾经的收割机已经回来
曾经倾慕的那个黑皮肤女孩
一双大眼睛，是不是

还像珍珠那么明亮
走在空寂的湿漉漉的小镇上
像是走错了地方
但我不会转身

2021.05.11

途经 318 国道团风至罗田段

虽曰国道，但弱在气势
来往的不过就是双车道

十字路口，大货车自觉减速
而驮着复合肥的农用车
右转太急，叫人提心吊胆
也许农时不等人

像绅士，一辆新能源小汽车
忽然停顿，所有的车随之刹车
原来，一位开三轮车的老者
下车捡拾被风吹落的草帽

车过黄土湾时，尘土飞扬
与国道并行的巴河
出人意料的宽阔

一半沙滩，一半流水
桥头饭店：建在桥头如桥头堡

由七八辆小轿车组成的婚车队
超越我们，也超越夹道绿树
摄影师和新郎新娘隐藏了身影

而一辆手扶拖拉机
驮着三四口新棺材，刨花般的本色
未曾刷漆，突突迎面而来

几个时辰过后，我们从国道消失
换道山路，满山的板栗花开得正盛
朴素得没有一点儿花香

2021.05.22

垂 钓

一口堰塘

藏在农庄里

伸出鱼竿

他们便关闭了表达

像钓钩，他们

沉入堰塘的底部

塘边最沉不住气的是杨树

风还没吹过来

叶子就哗哗响起

布谷鸟的叫声从这片林子

播种到那片林子

一两声野雉的欢叫

暴露茅草丛

此起彼伏的鞭炮声

流动，从一个点

流向道路四方

庄园主告诉他们

不远处有一个火葬场

堰塘就像一个吸收器

吸收了各种音响

音响多了

鱼就少了

他们守在塘边

分拣无声
和有声

2021.05.23

打连枷

一场仪式，始于庭院

姑姑手中的连枷，扬起落下
落下扬起。五月的节奏

动大于静。一年四季
姑姑都站在农事中央

豌豆，从豆荚里蹦出
稼禾的圆润

一碗油盐豌豆
与姑父的酒杯平起平坐

不一会儿，天光转暗
原来，天上也有人挥动连枷
豌豆样的雨珠落下来

2021.05.30

栀子花开

从路边采回两朵栀子花
花梗带着几片绿叶，给它们
很高的位置——

挂在办公室电脑屏顶端
自己喜爱的壁纸满天白云
偶一看，两朵栀子花
就像是从白云中飘出的两朵新鲜的白云

而你，束缚
自己的花香
隐在背面

2021.06.10

抽藕带的女人

不是听到哗哗水声
你不会知晓一个乡下女人
在荷叶下奔跑

这是一口城中水塘
满塘荷梗密密封锁她的方向
从发黑的泥水里
熟练地抽出洁白

挺出水面的荷花和
扎进泥里的藕带
都出淤泥而不染

路过水塘的城里女人
都为她担忧——
深陷河泥中的她
如何抽出双腿
并还原？

2021.06.24

古铜色

一天之内，不知道
他将这座城市点燃几次
正是早高峰
他和众多车手
在一座拱桥上爬坡
赶时间的车挤在一块被红灯逼停

趁着这一点间歇，趁着还没拉上客人
他将左臂伸出车窗，也伸出一支燃烧的灰烬

好像伸出手臂
才能保持车身的平衡
好像吸上几口烟
才能进入舒畅的循环

但有力地抓住我的
是这位出租车司机古铜色的手臂

这不是城市可有可无的色彩

2021.06.25

生　命

一株枫树。在道路中央
独木。支起秋天深红

所有鸟儿经此捧出献词
所有车辆经此放慢速度

早已转身的道路设计师
在看不见的地方，凝视

生命，不可冒犯，不可截断

2021.07.10

浮　岛

几只蜻蜓，头尾皆黑，腰身翠绿
悬停，遮蔽了它们扇动的翅膀
它们能够平衡风暴
还有什么不能平衡的？
感觉，脚下的平地
就是一座浮岛
右侧。水域辽阔

2021.07.10

小农闲

从繁忙的农事中抽身
七月，水稻正在分蘖
茶园无茶可采
庄稼地里只有庄稼
难得一段小农闲，一帮农民
随便聚在哪家房前
男人敞衣
露出青铜般的胸膛
女人手持扇子
听着男人日白
两三层的楼房都拥有
一两分田的阴凉
深渊般的堂屋
好像随时从他们背后
能跳出几条大鱼
狗趴在地上懒得动弹
蝉鸣高低且持续
天空平坦。大地饱满
男人回到正题上来
谁家豆角茄子
这几天卖出了好价钱
谁家孙子高考榜上有名
这鲜明的时光，没有一种能力应对

日子松弛下来
他们也不会离开村庄
他们坐在竹椅上
正好与水稻黄豆一般齐
但过不了一些时日
他们又要收紧自己

2021.07.16

响 亮

据气象资料，今年 5 月，湖北发生雷电活动 55600 余次。

谁都没看见天空流血
但确实被撕开了口子
确实有大动作
那是 55600 吨银子
那是 55600 条河川
那是一棵果树，繁茂枝条在天空的投影
5 月，湖北响亮
那个收集雷电的气象员
一定满身电光和雷鸣

2021.07.27

吹萨克斯的男人

为了开出并蒂花，特地
选在黄梅戏大剧院门前
吹奏萨克斯，在每天日落之后

一辆破旧的面包车
自带音响
意味着一个演员，也是一支乐队

草原歌曲、闽南歌曲轮番升起
陶醉时，免不了摇晃起来
路过的人也在摇晃，但自己不知道

弧形的广场，被他弯曲的气息
填满，他打开胸膛
他的肺，大于一个剧场

一个过了 60 岁的男人
爱上萨克斯
我，爱上他的摇晃

2021.07.31

贴近尘土

他或她，或许
是夫妻，或许是街坊
也可能是偶然相遇
总之，他俩站在了一起，站在广场边缘
组成男女对唱，路灯并未投给他俩脸部
更多的光斑
曲调似曾相闻
但唱出的地方话
你一句不懂
甚至觉得他们的歌唱
是对歌曲的亵玩
此刻夕阳已落，但人间
仍然热浪滚滚
仿佛不唱出来，他们内心的一场
大雨就不会落下
你若谦卑，安静一点
驻足一会
听着听着，就会步入他们的轨道
就会觉得他们的歌声贴近尘土
这一晚的美好
差点儿擦肩而过

2021.08.03

让甜蜜站起来

厨房，我们
在水槽清洗水果
我手中的黄金桃
和妻子手中的阳光玫瑰葡萄
被流水覆盖
果肉里也有流水
我们没有理由不站在水槽边
向土地敬礼
没有理由不让甜蜜站起来
保持桃树和葡萄架
应有的高度
多么希望厨房就是一座果园
我们需要盐粒，也需要糖分
顺着桃子和葡萄的来路
我们回到挂果的时光

2021.08.15

忽左忽右

夏天，时常碰上牛背雨
牛背之上飘着两块云
左边乌云，右边白云
乌云落雨，白云明亮

牛背，两块云的分界线
山里的牛，从不走直线，忽左忽右
两块云也跟着忽左忽右
整整一个夏季
蛇一样游走

2021.08.28

两只南瓜

两只南瓜，从姑姑
乡下的菜园子来到我家
从未走过这么远的路

南瓜当然有脚，它的藤蔓
轻易横跨沟渠
有别于在正规菜畦上的辣椒茄子
南瓜，只安身于田边地角

它们像吹气球一样，慢慢把自己吹大
但从不把自己吹破
那么空的房子，只居住几粒瓜籽
你若把耳朵贴上去，能听见它们的腹语
村庄，也慢慢空了

两只南瓜，脱离了
惯性思维里的圆咕隆咚
像两把琵琶
像姑姑一辈子，弯曲的岁月

2021.08.30

山中，八月十五

月亮浑圆
虫声饱满
落在屋瓦上的橡子
圆溜溜地滚动。惊醒梦中人
万物低垂
秋日渐消瘦

2021.09.21

萤火虫

隐藏翅膀，侧身
飘过野径、丛林
一闪一闪
当它不发光的时候
你和它俱不存在，但
看得见它的轨迹
当它发光，你不觉得
它在传递光明，倒像是在
播种或收集广阔的寂静

2021.09.24

老妇人与猫

每晚八点
老妇人和黑猫，准时
相会在一丛石楠边
那里没有灯光，猫就是黑夜中的一朵花
她将猫食放在塑料纸上
饿了一整天，黑猫
也不狼吞虎咽
好像订过契约
每晚相见，风雨无阻
她需要孩子，它需要母亲
总有一天，一方不再如约
那一刻，谁先流泪？
善，超越了时间①

2021.09.27

———————

① 化用奥登诗句。

空隙里的舞者

等车那一会，公共汽车站的背后
也没空着
一女子，身着白衬衣
踮脚，舒臂，旋转
秋风吸附在她的一双长袖上
在时间的空隙里轻舞
还有两天是国庆
节日的前奏仿佛由她最先弹响

在她背后
一座塔吊
也舒展长臂
旋转出漂亮的弧

2021.09.30

一辈子辜负自己的名字

众人过节休息，只有她
出现在高温三十八摄氏度的旷野，像突然冒出来的一
　个孤鬼
手握镰刀，清理塘边的杂草
为即将栽下的油菜，清场
几阵热风想吹翻
她的旧草帽，但还是被她扶住了
蚱蜢在她周边蹦来蹦去
有一点安慰的是，飞来了一只红蜻蜓
她嫁过两个男人，两个男人都死了
两个女儿，老大前年患白血病走了
不到七十岁，背已驼成
一件刚从水里打捞起来的衣裳
她一辈子都在辜负
自己的名字
她的名字叫"运喜"

2021.10.04

站在桥上拍照

凌空蹈虚，而桥下的江水
并非虚无，即使漩涡的
空心，也有深刻的内涵
远处近处的风景，引导你旋转
转成高于流水的漩涡

2021.10.21

郭家岭无人姓郭

郭家岭的雾，不大不小
白墙黑瓦浮在水上
再沉重的雾也压不住桂花的香
两条大狗和几只白鹅

铜铸般的喉管
吠叫此起彼伏
一群麻鸭席卷收割后的稻田
充沛不可掩埋，长在地里的
白萝卜红萝卜将自己拔出一半
井边溪边的棒槌声，在
时间背后起伏
刚刚勘探出来的地热，就要沸腾这个山村
小小候车亭，一个七岁女孩
要去镇上学习舞蹈
她要告诉远在广州打工的爸爸妈妈
和爷爷在一起很好，我在努力
郭家岭无人姓郭
门楣上刻着"乌衣世家"
"延陵世第""武威遗绪"的人家
姓谢姓吴姓廖
他们像山上的石头，谁也离不开谁

而郭姓，繁衍在另一份族谱

2021.10.25

山中的日子

先有山，先有藏在山坳里的
这栋白平房
再有穿山而行和打门前而过的
高铁
每天忙完农事，他都会
坐在门前望一会
来往的高铁，这比
飞鸟快也比流星快的钢铁
每过一趟高铁
他手中的茶水就会弯曲
他不知道山中往后的日子
还有什么进入
又有什么逃离

2021.11.03

街边剃头师傅

今天有点雾霾，一顶遮阳棚
站在街边的空地上，遮阳棚下
剃头师傅穿一件迷彩外套
看不清剃头师傅手中的脑袋
猜得出多半是颗老派的脑袋
那些打扮成明星在室内飞舞剪刀的
理发师，断不会与剃头师傅为伍
他们谁也替代不了谁
他们各有各的地盘，各有各的锋利

2021.11.17

叠衣服

叠衣服，是幼儿园老师
布置给孙女的作业
她妈妈将一件 T 恤平铺在床上
任由她大显身手
孙女先是蹲在床上绕 T 恤一周
仿佛谋篇布局，寻找通向未来的路口
叠好左袖管，再叠右袖管
两管长袖交叉胸前
像是拱手致谢
她幼小的双手，无力抚平
一件成人衣裳的褶皱
孙女尚不懂得，折叠，将是她一生的功课
将喜乐或烦恼
折叠入内心
直至折叠自己的白发和腰身
而我，最愿看见
孙女更多光的折射

2021.11.29

隐　喻

几只白色的江鸥
正穿越江面白茫茫的雾
无论怎样用力
它们，都无法穿越
自己的白
也无法抵达自己
深刻的隐喻

2021.12.13

大别山行记

冬日，大别山，阳光宽厚
意杨树脱光了衣裳，干净得
只剩下鸟巢
几只黑山羊和几头水牛
埋头在稻田寻找
最后的青草
村庄停止生长，山路上
偶尔跑动一辆摩托车
听不到村庄其他的声响
如此广大的人间，声音藏于何处
我们经过大地坳、松子关
到达木子店，这些身世清澈的地名不容轻慢
以吊锅为中心，围坐
米酒已温好，肉糕、腊蹄子
绿豆丸子、千张在锅子里沸腾
终于听到了一种热烈的声音
炭火般的脸庞近似暴徒
我们内心酝酿暴雪
在大山腹地来一场虚张声势

2021.12.21

护 坡

江水在冬季瘦去，江面收缩
两位农民工，沾满泥灰的手套
拎着灰桶和瓦刀
身子前倾，在方块护坡上
勾缝，修补护坡的裂缝
也修补时间的裂缝
以江水混合砂浆水泥
江流实在太古老了
两岸芦苇，白发苍苍
流水带走本应流逝的
也并非毫无保留
从江对岸望过来
你能望见：两个灰色身影
如小石子，在长江堤坡
静止或移动

2021.12.21

无题（三）

一辆白色轿车，车身落满
樟树果黑色的污渍
它一定是在一株大樟树底下
休息了很长时间，做过许多的梦
梦见将樟树种子带到辽阔的远方
它行驶在大街上，如入无人之境
街上的车辆，主动避让
而坐在白色轿车里的人，只能看到
内部的洁净
和世界上的灰尘

2021.12.30

负暄图

一群老太太，总是被冬日的阳光召唤下楼
轮椅围成一圈，像一堵墙
要挡住什么
绒帽下，露出几缕
灰白的头发，露出生命的尾巴
阳光堆积在老人们背部
"负日之暄，人莫知其美者"
很早以前，宋国有一田夫
就替这群老人说出了想说的话
许多话题陈旧，但不会在——
假牙中腐烂
菜市场越来越远，世界越来越轻
原谅吧，已经提前离去的老伴
不必在阳光下被唤醒
老人们不再仰望天空，但常常提起天堂
从老人们身边走过的人，少有驻足旁观
他们，还需要滑翔

2022.01.09

晨　练

"噢——噢——噢"
一河两岸，几副嗓子
从胸腔里掏出来，从丹田掏出黄金
高于树荫
一座城市的一天，就从这些晨练者开始
"活着就是冲天一喊"
经年累月，肺腑，喊成岩石
鱼儿，在水底
用鳍，锤炼肺部

2022.01.25

上坟记

落在坟地里的雪，必定曲折
茅草丛生，高过坟头
像帷幕遮没祖先的容颜
有些坟已经塌陷，有些坟新如谷堆
被雪覆盖，就是一样的白
我们蹲下身子，点燃纸钱
给寒冷的世界送上些许的温暖
落下来的雪花被湿火苗吞噬
落在我们头上肩上的灰烬
填补了雪花的空白

2022.01.30

过 年

物业，将小区内
每棵树的树干裹上
亮闪闪的金箔纸
哦，我知道了——
神仙，坐着过年
草木，站着过年
我们，手牵着孩子
走动拜年

2022.01.31

没有缺席

萨克斯管和巴扬手风琴
在音乐大厅，相遇相恋

手风琴，一朵打开又合拢的花萼

萨克斯是承接的枝条
不离不弃

金色的音符，对应
金色的大厅

圆舞曲，对应
新春团圆

台上灵魂
对应台下的谛听

忙碌一年的朋友夫妻
坐在观众席入睡，像是
为了不缺席，在闭眼倾听

2022.02.03

艳阳天

抢在桃花李花前
五颜六色的帐篷，在湖边草坪上
竞相开放
春风受到一些阻碍，帐篷花
必须拉开距离
孩子追赶成串的泡泡
在水边，在香樟下
婚纱拂动
穿红上衣的老者，在儿子
的帮助下，从轮椅上站起来
站到了春天的中央
蓝喜鹊放低身姿
在人群头顶飞来飞去，采集世间的喜悦
鲁迅半身雕像，立于草坪西边
依然严肃
先生，留在他的时代
也超越他的时代

2022.02.27

大理石

二十二年，丈夫近乎植物人
她发明一种极简语言
"咿咿喔喔啊啊"
日复一日与丈夫交流
甚至，两人的胃也长在了一起
有人说，她又养大了一个儿子
在殡仪馆，她接待我们
看不出悲伤
她将我们带至玻璃棺前
像是介绍一件珍贵的物品
讲解丈夫的额头、眉毛和鼻子
并夸他还是那么英俊
你很难一眼看清
她瘦弱的双肩和满头的白发
大理石质地

2022.03.20

火　苗

短裙下，光脚、人字拖
修长的腿
站在路边，叼一根烟
那么单薄的裙子
她从哪儿掏出的打火机
啪的一声，侧影优雅如花
而她裙子上的花
像一朵朵火苗
点燃了沉闷的夜
慌乱的四月，一下子镇定了许多

2022.04.03

山中再访友人

再次拜访你的山房
门墙上的木香花苞攒足了
最后一把劲，就要怒放
你引我沿石级而下，弯腰走进新搭建的
茅草房，一堵主墙在黄泥巴中显现
茅草和泥巴应对乡村本色
坐在宽大松木茶几边，我们
在明前茶和古琴曲的混合中
采撷天地间的气息
从茅草房望见大崎山的山脊起伏，呈现
心中影像
你说最美妙的时光，是茅草房前半月形水塘
映照秋夜一轮明月，物我两忘
确有一瞬间，我看不到你的肉身
起身送别，一把铜锁锁住
两扇木门（木门与铜锁天生般配）
你顺手将钥匙
塞进墙缝
下山途中，遇见从城里进山的女儿
你大声告诉她钥匙放在老地方
等于告诉我，若下次寻你不遇
我也可以开门而入

2022.04.06

深　夜

深夜，阳台上，一条孤独的
黑鱼，率领养在另一个盆里
的一群泥鳅，不断制造
迎水而游的欢悦
通宵达旦，我在水中
奋力划行

2022.04.12

内　部

沙湖边，一片意杨林
看哪，一株树上垂直叠起四个鸟巢
像是一手抱起四个孩子
又像是一手举起四个灯笼大的果实
所有路过的人，都看见了
它的喜悦和兴旺
并一起随风摇摆

你看见了宇宙内部的层次

2022.04.25

吹长号的人

一个初学长号的练习者，总是藏在桥墩
临湖的那一面
调子磕磕绊绊
一部分被前边的桥墩挡了回来
一部分散落在湖上
机动车一辆一辆从头顶飞过
忙着从此岸赶往彼岸
每天下午，吹长号的人准点过来
与桥墩愈来愈不可分离
直到有一天，吹长号的人
轻松自如地现身桥墩这边，一块
小于广场的空地
你看到的，肯定就是
一把金光闪闪、滑音如水的长号

2022.04.27

自画像
——作于六十岁生日

不知不觉，就靠近了老掉牙的年纪
前两天确有两颗牙掉了
留下两处漏风的豁口
正如一棵诚实向上的水杉
又如一块田
生长中，季节转换中
难免出现空洞
况且圆满的宇宙也有黑洞
对那些补锅、补鞋、补衣裳的
我从来怀有敬重
他们弥补人世的残缺
空洞，需要一生填补
越靠近衰老，就越要扑向空白和贫乏
抓紧补牙，咀嚼生活的滋味
多给母亲打电话，多在家里劈柴喂马
多识鸟兽草木之名
给一首诗填上最温暖的词
每当升起越补越空的感觉
就有一个声音降临耳边：
空有多好啊
空谷幽兰，有容乃大

2022.04.29

无题（四）

鸟儿
从不关心树林下的泥泞
只在乎，天空
是否存在荆棘

2022.05.03

京山孙桥镇某园艺场所见

仿佛山里所有的对节白蜡
都挤进了这园子
三五个园艺师，正站在铝合金梯子上
一边咔嚓咔嚓修剪对节白蜡
将疯长的枝叶剪出一朵朵
绷紧的云
一边眺望初夏的纵深
自己儿时也曾梦想
拥有这样一架银色的梯子
爬上去抚云摘星
此刻，仍有登上梯子的愿望
可惜，自己没有裁云的手艺
可惜，天上的云朵越来越少
斜阳柔和，晚风习习
走出园子回头凝望，身披霞光的园艺师
更像是天神派来的
在青山绿水间
只腾云不驾雾

2022.05.05

穿　山

反复穿越隧道
一会儿被吸入，一会儿被吐出
光明与黑暗轮番交替
动车不断调整姿态
我也是
以至于后来我弄不清究竟
需要高山，还是
需要峡谷

2022.05.09

杜鹃啼血

失眠被高高举起
窗前的老峡河
喧腾不已，它要奔向远方
寻找另一条埋伏的河
一只杜鹃彻夜啼叫
一声声如石子一样砸向我的窗子
天亮后，当地人告诉我，那是
它在求偶
只见满山白栎、青冈、黄檀
叶尖上都挂着红色的泪珠

2022.05.12

野山关

停靠野山关站一刹那
动车，向前踉跄了一下
一个深山小站，也有它的
动人之处

2022.05.14

白　鹤

六只白鹤，还是七只白鹤
并不重要，重要的是
它们结伴归巢，它们将命运捆在天路上
就像此时的我们坐在一辆车里互相依靠
收拢心中的旷野
夜色正从山顶滑落
它们从容也有几分急迫
它们要飞向哪里？
它们要飞行多久？
无人知晓
我们只知道它们不会在山脉和炊烟
的交织中迷失方向
它们在替无数人
回家

2022.05.17

包粽子

路边，一个女人
正结结实实地包裹粽子
一个即将到来的节日动感增强
一个老太婆走过来，对包粽子的女人说
"这粽叶好小啊"
"连小粽叶也难弄到了"
包粽子的女人说
几乎没怎么犹豫
老人便俯身
这三角形的尖锐和柔软
确实，曾经惯常的东西越来越稀少
事物由大变小
站在不远处的我，抱紧双臂
就像清香离不开抱紧和缠绕

2022.05.25

苍　鹭

十六只苍鹭焊接般
停在水中一排钢管（水中荆棘）上
龙舟鼓点对它们毫无意义
屁股任由太阳烘烤
十六颗钉子缩着脖子假寐
当这些钉子一瞬间将自己拔出
湖面痉挛
然后满意地回到厨房
我们能说什么

2022.05.28

一 点

红叶李的叶子，毫无疑问
是红色的，它结出的果实
也是红色的
一树的李子，圆溜溜挂在五月和六月
路边没有竖起禁止
采摘指示牌
这并不意味路人
可以放纵
他们采摘一点
留给鸟儿一点
被风吹落一点
如此，一首诗
才有了真意

2022.06.05

鸭司令

相比遛鸟遛狗，遛鸭
是一件稀奇事
一位小伙子，每天
在小区遛鸭
听说这只鸭子
价格不菲
单凭它白瓷般的羽毛和乖顺的样子
你就不会怀疑
只要鸭子下楼
小区就会沸腾
一群孩子紧跟着它
摇摇摆摆，浩荡的
爷爷奶奶爸爸妈妈大军
也紧随其后
名副其实的鸭司令，也是北斗
从未见过一条狗的后面
跟着一群什么
鸭子时不时地"呷呷呷"叫几声
叫声如它的嘴一样扁平
但有一种唤醒——
让人感慨，它的一生
离它的王国是那么遥远

2022.06.06

高考记

校门口，一片红树林
饱有亮度，抵消浪涌
六月庄严
开考日，家长身着红旗袍
或红 T 恤、红衬衫

这一天，中国每一个家庭
异常安静
每一条道路保持低调

即便今年家中没有考生
那光辉的时刻
也会被每个家庭重温或模拟

最终，红树林还是没有
挡住奔放的浪潮
当终结铃声响起
孩子们奔出操场
来一个空翻或空中劈叉
这一刻，孩子们真正打开翅膀
飞到丛林之上

2022.06.10

植　牙

种植一颗牙，比收一茬庄稼漫长
一遍一遍跑医院，一遍一遍
深耕细作，那些潮湿并非泉水
钻子、锤子轮番上阵，一个口腔
像是一家铁木厂
躺在医师和护士眼皮底下
他们绝对想不到你心中的两个词
来回跑动：埋葬与拯救
一个人的坚硬
来自灵魂也来自嘴

2022.07.05

落水坪夜之声

夜色中，我们行走在起伏的山路
落水坪，听不到流水声

亮灯的人家，冒出狗叫
天上月色有多亮
世上的狗叫就有多响

笃笃笃，乍一听
以为是啄木鸟
原来是石蛙鼓鸣
一只蛙敲打一块石头

嘀嘀嘀，知了也没睡
这叫声，有如发电报

而接收电报的人还留在他乡
蛙鼓蝉鸣，密密麻麻的虫声
放进另一首小诗

山里湿气重啊，青灰色的屋檐下
滴答夜露

倘若我们在夜空下站立一宿

是不是也能听到
从头到脚的滴答

2022.07.08

刨土豆

穿过露水，弓腰
紫红色的双臂，挥舞锄头
兄弟俩，脚穿解放鞋
并肩刨土豆
一窝窝，那么多
白皮土豆红皮土豆
从他们的两腿间涌出来
他们像极了两只高产母鸡
一个早晨，就产下
几筐子银色的金色的鸡蛋
这几年，高山土豆高山鸡蛋
在高处发光

2022.07.09

清江垂钓图

在花坪，一段水面开阔
清江边钓鱼，这是多大的场面
游船犁开波浪，每次
将浮漂推至浪脊又甩至浪谷
而水底的鱼和岸上的垂钓者
波澜不惊
天空湛蓝，江水碧绿，青山夹岸
在这里，有多少垂钓者
就有多少峭壁

2022.07.09

在利川凉雾乡考察民俗

整整一面院墙铺满凌霄花
七月，一道金黄的瀑布
未见其人
先见其花

2022.07.18

火

日头如火，湖面也并不凉快
下午四五点，皮划艇运动员
出场，一律以手臂奔跑
女教练驾着电动艇紧随其后
"蹬腿转胯，腰不能塌陷
动力从头保持到尾"
凶巴巴的声音震动四方
岸上的人，听成了一堂人生课
每个运动员奋力向前
湖面擦出火花
桨。在火焰之上

2022.07.29

唇　印

这里的太阳总爱做点小动作
走进丽江高原的女孩，后颈窝
都留下她一块
玫瑰色的唇印

2022.08.02

苍山之顶

大雾弥漫
一株株冷杉简练峻拔
却阴郁浓重
那么多身穿橘红色、明黄色上衣的游人
也无法将他们
——救出

2022.08.07

坐缆车

双人椅似的缆车，敞开、简陋
张琴，即使抱紧黄斌
还是吓得冷汗涔涔
她的惊叫，从格姆女神山顶
滑下
在苍山，厢式缆车
为她圈出一块安定
她说，只要有一个壳子
包住身子
就不惧万丈深渊
和世间险恶

2022.08.08

过鄱阳湖大桥

乘车横跨鄱阳湖，显然
不如摇舟渡过那么真实
久旱苦矣
鄱阳湖，一面将浩渺
跌落成一条河道
一面将湖床扩大为
辽阔的跑马场
一个大湖的秘密几乎
暴露无遗

世界正在丢失水分
运输货船如苦行僧缓慢移动
曾经摇曳天空的水鸟
带着鄱阳湖的气息不知飞向何方
人人都喜欢这四个字：如鱼得水
一旦失去波浪拥抱，可爱的江豚
会不会长出翅膀

打开车窗
我在天空搜索乌云
和雷电

2022.08.27

好大一个青花瓷

从一捧高岭土，到温润如玉，丽人之肌

需走一段艰辛、繁复的路

制泥，配釉，拉坯，描线，刻花，烧窑

七十二步，每步都要走稳走实

流程，拉长一座小镇的历史，也将小镇

推向世界高度

打开窑门，一刹那，人间五彩斑斓

绿釉、黄釉、红釉、豆青釉、甜白釉

叫一声"青花、粉彩"

似有美人入怀

每个瓷壶、瓷罐、瓷瓶腹内

存放一颗匠心

瓷碗、瓷杯、瓷盘，敞开虚心

一如谦谦君子

人物、山水、草木、虫鸟，皆为主题

如果你从缠枝花纹中看出点什么

那一定是物质与精神的缠绕

穿越时空，瓷内瓷外

清越悠扬的，是虫鸟之鸣

出馆，晶莹的釉光跟在身后

雨过天晴，青山绿水，宇宙——

好大一个青花瓷

2022.08.31

壬寅八月十五观月，兼致友人

当突尼斯的红石榴遇见中国的红月亮
水罐盛满清水，瓷盘捧出葡萄

蛐蛐儿纵情歌唱，在白水畈
红月亮，变成黄月亮白月亮

我们手提月饼，月亮孵化出美丽小月儿
走向旷野，手里满是银光

秋风没有吹过田野
十场白露抵不上一场雨水

一半稻谷已经收割
一半稻谷在诡异的长夏中走失

今夜，我们看见圆满
也目睹了匮乏

2022.09.12

丢手绢

她带着三个孙女，玩丢手绢的游戏
其实只有一个孙女是她的
衣袋里早已找不出一块手绢
以一片树叶代替，同样欢乐
她和三个孩子轮流蹲下，跑动，风火轮旋转
一片叶子将一双大手和三双小手
融为一体
她始终是发动机，是吸铁石
耐心，将她送回摇篮
夜幕为她们迟迟降临
最开心的时刻，三个孩子抱成一团，一丛
蘑菇笑声盈盈
游戏之外的两个奶奶，蓦地看见了自己的丢失

2022.10.20

晚来的桂花

诗人说
"无论发生了什么
春风依然来临"
我们说
"无论发生了什么
桂花依然香满人间"
公园，庭院
街头，路边
被桂花的馥郁填满
它们撵着你走
追上你的餐桌，追到你的床头
"鼻子都快香掉了"
晚来的桂花，像是
久别重逢的友人
再晚，它们也会来临
这是草木的美德

2022.10.26

刁子鱼

水中之箭，它们喜欢群游
就像人类喜欢群居
靠近水面游荡，性情机警
一有风吹草动，"嗖"
瞬间四面逃窜
或许这是游戏
是对湖岸的召唤
很快，它们又聚拢
为了下一次背道而驰

2022.10.27

大别山的虎

杨山河滩，盛满五月的阳光
蓝喉蜂虎如期而至，带来南方的消息
安徽、浙江、河南、陕西的
长枪短炮紧随迁徙
身披迷彩服，羽毛华丽

有人在河滩中央插上几根柳枝
制造特写
蓝喉蜂虎，燕子的表亲
喉部，蓝得像一句谎言

草草的一溜摄影棚隐在光的后面，目不转睛
"看风在小鸟脊背上吹出涟漪"①
摄影爱好者确实说不清
迷恋蓝喉蜂虎什么
好像有谁规定，他们应该在
春天出趟远门

有时，两三只蓝喉蜂虎同时歇在一根柳条上
并不增加柳枝的重量
飞姿轻盈，炫技献身镜头

---

① 美国诗人西奥多·罗特克诗句。

而雌鸟趴在河滩沙洞里
安静孵化后代
一半的蓝预留

忽然，一位老者赶着一头水牛
闯入镜头
增添了河滩的弹性
蓝喉蜂虎并未因此跌落

啊，大别山归来的
虎

2022.10.31

一勺幸福

隔一段时间，我们就齐聚岳母家吃饺子
妻子和两位妻弟围坐
面板永远悬挂白雪
紫红色的擀面杖顺着倒着旋转
生活压实在面皮之中
韭菜馅白菜馅萝卜馅
贯满四季
八十九岁的岳母，佝偻着身子坐在一旁
十指相扣搁在腿上
默默专注儿女们的紧密
我分明看见一把不锈钢勺子
儿女是勺头，老人是勺柄
不锈钢熠熠生辉
其实，人世的幸福
不过是一勺子的幸福

2022.11.06

背唐诗

教四岁的孙女背唐诗
"怀君属秋夜"
孙女懂得秋夜，但不解怀君
也难怪，爷爷奶奶爸爸妈妈
成天环绕在身边
幼儿园的小朋友也同住一个小区
孙女，远方无君可怀
于是，我们跳过这首唐诗
等待距离的到来

2022.11.09

从心所欲

2016 年 10 月初，东京三得利音乐厅，小泽征尔和祖宾·梅塔携手指挥维也纳爱乐乐团，演奏了《电闪雷鸣波尔卡》。当时，小泽征尔的手臂由于健康状况的恶化已经无法抬高，甚至不能拿起指挥棒。

两个老头，这样诠释
"从心所欲，不逾矩"
走进音乐大厅，他俩
就像走进一块草地
不打领结，也不必梳理灰白的头发
坐在指挥台上指挥，天才才有的创造
两人共用一根指挥棒
好比拉着同一根缰绳
旋即站起来，目之所及
弓弦飞舞，圆号嘹亮
一个紧密的世界
两个小淘气似的老头，交头接耳
沉疴禁止抬高手臂
降低的手势并不降低艺术的高度
每个手势都释放电闪雷鸣，每个眼神
都通向音乐的本质
两个老头，时不时在指挥台上转圈
像是要踩出他们心中的波尔卡

两位老头好像没怎么指挥，一场交响乐
就完美抵达高潮
看不清台下听众的面孔，他们在音乐深处倾听
两位大师，多像我们的邻居大叔
他们不需要任何修辞

2022.11.21

取　火

雨夹雪，也没能阻挡他向湖水走去
"嗷嗷"大叫几声后，像夏泳一样冬泳
他在冰水中取火
岸上，老婆抱紧他的一堆衣服
就像抱住一个火龙果

她相信，总有一个寒冬
湖心涌动沸水

2022.12.05

冬日即景之一

一对夫妻背靠背
坐在明亮的草坪上
像是换一种姿势拥抱
伸开的腿承接更多阳光
躯体阴影缩小
多数时候，他们打盹
梦里梦外
他们都已融化

2022.12.27

冬日即景之二

高大樟树围出来的一块草地
正好容纳三对新人的甜蜜
洁白的婚纱来回搬动雪人
他们有各自的摄影师
摄影师都是兴致很高的大嗓门
都想献出最幸福的杰作
"裙摆打开"
"微笑微笑"
"再靠近一点"
三对新人手足无措
难以分辨
哪一个嗓音属于自己
而在樟树背面，在湖边，一对恋人
举行浪漫的生日仪式
生日蛋糕放在驳岸上
男孩给女孩点燃蜡烛
生日歌曲两人唱响
抵达无人之境
且有光聚拢在他们头顶
他们不需要任何引导
但要走到背面
还需过渡

2022.12.29

辞旧迎新

在辞旧迎新之际
即便喉咙还带着旧年的疼痛
也要走到户外，走向广场或长堤
怒放烟花焰火
与相识和不相识的人一起
仰望天空
疯狂喊出——
"新年好！"
天空波涛般的回音如此强劲

2023.01.03

轮　回

村支书说
准备在废弃的小学旧址
修建公墓
其实，在修建学校之前
那儿就是一片坟地
上小学的时候，常听同学说
有谁在深夜看见鬼
摇晃窗棂
还看见鬼翻动课本
鬼始终不愿离开故地
后来学生减少，被合并到其他学校
村里的两个困难户
搬进空下来的村小
他们不怕鬼
后来，学校成为废墟
谁也说不清，埋死人的地方
也有轮回
这块地又要回到它的前身
不同的是
过去叫坟地
现在叫公墓

2023.01.04

什么也不说

快过年了，我们擦拭窗子
妻子说要把窗子擦得
比脸还要干净
好像，年是我们即将迎接的贵客
比我们更有面子
每一块玻璃，湿抹布擦
厨房纸擦，来来回回
有几次，妻子将半个身子探出窗外
反观自我
看是不是做到了表里如一
每一块玻璃，妻子都要多角度
检视，不放过一个污点
直至玻璃露出骨头
直至玻璃在我们眼前消失
将自己也清洗干净之后，我们满意地
坐上窗台
充沛的阳光燃烧我们
风霜渐浓的背部
并在客厅地砖上留下
两株植物肩并肩的投影
人世间的美好不过如此
如果今夜突降大雨
将窗子弄得面目全非

我们什么也不说

这些，年都看在眼里

2023.01.10.

腊　月

寒风中，庭院空阔
三个男人与一头大黑猪
形成对峙
两人拽猪耳，一人拽猪尾
看上去有些滑稽
呼——一把亮晃晃的长刀
捅断猪的嚎叫，但
空气还在颤抖
辛辛苦苦饲养黑猪一年的主妇
在它出圈之前
烧了几张黄纸，口中念念有词
以求猪的宽恕
人类总是不自觉制造悖论，比如
养活一条命，又剥夺一条命
鲜红的猪血，有几滴
落在残雪上
像是提前开出的几朵桃花
腊月，乡村安静下来
神，也正在赶往乡村的路上

2023.01.15

迎　春

是喜悦拨弄喜鹊的长尾巴
一翘一翘的
它们收到了统一的指令，就像
一个古老民族的团圆也是统一的
大寒之日，它们也没歇息
落尽叶子的意杨，枝干明亮
杂草尚未醒来，落在地上的树枝显目
任由它们挑选
我们看不见鸟巢内部的风景
但知晓衔枝垒巢是居于高处的仪式
喜鹊，在大地上飞来飞去
它们有自己的轨迹
算得上尘世的半个先知
一扇翅膀挥别旧岁
一扇翅膀迎接新春

2023.01.21

三江馒头

三江一带，流行枕头馒头
一尺余长，最好的面粉做成
这里汉江风吹麦浪
梦中有馒头，馒头似枕头
枕头馒头，独一无二的命名
将吃饱与睡好揉在一起
抱着枕头馒头过年，又见
麦苗青青
人间喧腾

2023.01.21

早　春

早春时节，春水初生，天空清朗
水中的鱼和天上的鸟
再也不是形单影只
它们成双成对，或成群
在水里，在空中
即将发芽

2023.02.07

一地羽毛

呈扇形，散落于草坪
这是一块四季都被阳光
注得盈满的青草地
白色的羽毛填补
碧绿干净的空白
不知是野猫还是黄鼠狼
偷袭斑鸠
不见一滴血，也不见一根骨头
我蹲下，凝视一片片轻柔的羽毛
复原一只完整的鸟，我无能为力
南边的梧桐冷冷地站着
或许只有它掌握跌落的真相
再往南，几个垂钓爱好者
灌木般算计浮漂下游来游去的羽毛

2023.02.09

三个诗人

正当读到张枣的诗句
"他挽着袖子要把斑马线卷回家来"时
四岁半的孙女跑到我怀里
脱口而出：大海的楼梯
就这样，某个雨天，三个诗人
坐在了一起

2023.02.12

谷壳与鸡蛋

表弟从老家捎来一箱鸡蛋
谷壳塞满纸箱
伸手进去掏出一枚土鸡蛋
像是从温热的窑膛
触摸光滑的瓷器
表弟说，一入春，一家人
就忙着从柴火堆、草丛、鸡窝里
捡鸡蛋
从早到晚都是母鸡们功臣般的高歌
春天和乡村再也安静不下来
说不清是春天产下鸡蛋
还是鸡蛋产下春天
生动的鸡蛋，是春天结出的第一枚果实
也是季节走出严冬后得到的第一个安慰
春天，乡野处处发光
谷种尚未发芽
但谷壳已经出发
从乡村辗转到城市
一箱鸡蛋吃完了
谷壳仍舍不得丢弃
留下它还想孵化什么

2023.02.22

席梦思

一张席梦思，一对夫妻睡了十年
席梦思和背部都有些塌陷
妻子主张换张新的
丈夫说调个面可以再睡十年
于是两人用力操起席梦思
曾经的缱绻和越来越重的辗转
抖落了一地
席梦思翻转，其实厂家并没规定
哪一面朝上哪一面朝下
也没有谁规定
世界的哪一面久在明处
哪一面久在暗处
就像一张白纸不分正反两面
哪一面都有接纳文字或图画的
权利和义务
再睡十年，他们满七十
十年之后，他们将丢失一部分重力
岁月也将失去弹性

2023.03.01

玉兰辞

一株盛开的玉兰
被挤压在樟树林中
它燃烧得越旺
就越危险
雪白的花瓣，站在树下观看
和超越树冠之上观看
各有各的光明和隐喻
有人站在楼上，临窗
获得鸟的视角
他试图展开翅膀或吊下一只水桶
当花瓣悉数凋落
新叶悉数长出
白玉兰才能重回
绿林

2023.03.02

读蒋捷《虞美人·听雨》

一辈子追逐雨水
或者说雨水穿过一生
细雨、阵雨、骤雨
路途再长的雨
最终在屋檐下抵达天明
关闭所有的器官，仅张开双耳
一只接受清风吹来的雨滴
一只灌满繁茂的泥浆
明天在雨天之外
如果现在就说"止雨"
枯萎的就一定是
悲伤和离愁?

2023.03.08

灰色与青色

伐去杂树，长出碑林
又一座山头换了模样
"爸爸妈妈，我们来看你们了"
扫墓的人，声音高昂且无哀戚
像是要叫醒在此躺着的
所有爸爸妈妈
一位白发苍苍的老者
佝偻着身躯也来上山
好似准备接受后人
祭拜的预演
每块墓碑都有一株柏树陪伴
生死并立
下山处，两位妇人
摆摊推销自家地里的
菜薹和茼蒿
那些刚在山上敬奉纸钱的手
一转身，又触摸起鲜嫩的青菜
灰色的阴间与青色的阳间
在清明，如此统一

2023.03.11

收灯笼

正月刚过，有人在街道上
卸下大灯笼
像抱着酒坛子，从梯子上
小心翼翼下来
这是中国的坛子
不是田纳西的
卸灯笼的人，站在梯子上
一眼看出城市的隐疾
一座城市的首饰——红灯笼
将回到首饰盒，在暗处自燃
它们，等待下一个需要重放光芒的日子
喜庆是灯笼的本性

2023.03.16

我亲爱的小龙虾
——致刘烈玉

谈起小龙虾，就像谈起朋友
一往情深
你是一百亩虾稻田的元首
养出一只高质量的小龙虾
四个要素依次排序：
水、草、肥、饲料
不能颠倒，否则翻船
每天巡查，每天下水作业两小时
在水中找到自己的位置
每天测水
关心小龙虾的冷暖和世界的冷暖
每天记录，将人与虾的心路历程合二为一
那些水汽氤氲的文字
远比自己写过的讲话稿和报告生动
你说，小龙虾和人一样
爱群居
当然也有离群索居的时候
在脱壳之际，小龙虾
钻进灯笼草或吃不败草
以孤寂喂养自己
一旦脱壳完成，又回到
浩荡的群体

像一颗孤零零的星重返

银河

你说起小龙虾，不知不觉将

倾听者当成小龙虾

不知不觉也把自己当成小龙虾

你差点说出"我亲爱的小龙虾"

做了一辈子乡镇干部

退休后依然热爱草木和"三农"

你的心愿是做一只领头虾

率领虾农扩大肺活量，游向

更远的地方

你说，一生要像小龙虾

脱壳七次

才能打磨成

一枚闪亮的玉

2023.03.19

一家人

大舅妈、表哥、表姐夫的墓碑
紧挨着，站成一排
表姐夫撞上倒霉的车祸，表哥被魔鬼赶进套绳
大舅妈在老年痴呆中离去，活过九十
清明上坟，母亲交代我们买一挂长鞭炮
一条线摆在墓前，把他们连在一起
就像他们生前一样，还是一家人
在油菜花的簇拥中
一个村庄的墓碑聚于一处，亲如一家

2023.03.20

时代广场

一个广场，以"时代"命名
必有其无与伦比的广度与深度
占地 200 余亩，建筑面积 100 万平方米
设计 4 个入口：东街，西街
南街，北街
"东市买骏马，西市买鞍鞯，
南市买辔头，北市买长鞭"
吃的，玩的，用的，溢出你的想象
走进去，我只要一杯咖啡
和一次停顿
白驹过隙，时代也是一匹白驹

2023.04.02

在九峰山公墓

从山脚列阵到山顶
墓碑：来自山体，又回到山体
石头还是石头
不同的是
生前无字，身后有名

2023.04.05

融 化

女孩低着头，一只脚在地上
蹁来蹁去
拉开两米距离的小伙子，一双眼睛紧盯着她
默然无语
一对闹别扭的恋人
构成街景的一部分
但又在街景之外
敢将私密暴露街头
说明他们有把控悬崖的本领
不一会，路灯点亮
一场拔河
融化为春水般的液态

2023.04.18

旋转的陀螺

一座小县城每天被鞭子抽醒
早晨六点一过，一群老人
便走进广场，噼噼啪啪
玩起钢陀螺、铜陀螺、木陀螺
年岁最长的八十六岁
最重的陀螺三十斤
正手抽反手抽，两条腿比桩子还稳
得意的时候，一只手插进裤子口袋
或抽身抽几口烟，而陀螺仍在旋转
魏武挥鞭不过如此
老人们的肩周炎和颈椎病
在鞭声中逃之夭夭
一个广场就是一个漩涡
当陀螺摇摇欲坠
它的主人会补上几鞭加以拯救
陀螺只有在抽打中欢腾站立
地球无时无刻不在旋转
但谁也看不见
那根神鞭

2023.04.25

采石场目击记

雪白的槐花和紫色的泡桐花
从山脚开到山顶
献给四月，献给石头
山路像是巨兽走过，布满坑坑洼洼
上山途中遇到两辆货车，没有围挡
装满废弃的石头下山
错车那会提心吊胆，生怕哪块半吨重的石头
瞬间滑落砸扁我们的越野车
一座山打开之前和打开之后
就不是同一座山
打开后的山体，肌体细腻光滑
黄金麻大理石，你能从中看见
钠钾长石、石英、云母、氧化铁
被迫停下来的采石场（山民有权叫停）
像极规整的石头梯田
也像未完成的巨人雕塑
山的坚硬抵挡不住切割机的尖锐
被切开的裂痕，暴露伤口
日月之下，被强行脱光衣裳的山，闪着
惨白之光
加工后的大理石进入城市客厅
或悬挂成城市的外饰
采石场留下厚厚的粉尘

和烂眼般的堰塞湖
有人降低大地的高度，提升城市的成色
有人捍卫群山的完整和蓝天白云
诗歌什么也做不了
更搬不回已经出山的石头
诗歌只能记录
山花和青苔的泪水

2023.04.27

高速路上的修持

节日里的高速公路，是一块磨刀石
上路的人都逃脱不了磨砺
一截一截的堵车，走走停停
没有谁能长出翅膀
有的人顺从，有的人叫骂
顺从者睁大双眼，从道路两旁的景物中寻找
宽阔的通道
楝树开出细碎的紫花，孩童时竟没发现它的美
藕塘残梗尚存，但新叶
已然露出，且有人开始抽出最新的藕带
像是提前摸到了初夏的头
谁家迎娶媳妇，冲天炮
在空中释放消息，你顺口送上祝福
也虚构一下自己的幸福
内心在缓慢的节奏中舒展
由青转白的油菜，低头等待收割
"看，几只海鸥"
前边一位女士将脑袋伸出车窗
把飞过漠漠水田的白鹭当成了海上之鸟
称得上美丽的误读
车辆如多节虫般蠕动，不时能从田边地角
看到细长的反光纸条翻飞
阳光照射下，有如大地上的闪电

听说那样可以代替稻草人的呼喊
一座靠近县城的火力发电厂
吐出滚滚水蒸气在节日里值守
一些缺乏忍耐的车主，最终
抢占应急道，或偏离主道进入省道
事实上，那些平静安分的人
同样能够抵达
向往和节日
大路与时间暗藏尺度

2023.05.02

鸡在高速路上飞奔

鸡们在高速路上飞奔
缩着脖子趴在钢丝笼子里
似囚徒。雨下个不停
一只只，以落汤鸡的本体
而非喻体呈现
鸡冠花红得发紫
小笼子一层层累于货车上，集中营灌满四面八方的风
密闭严实的司机是
不善抚慰的人
只眼睛盯着前方，顺从
来回奔波的命运
向南，一直向南
在鸡们抵达体无完肤之前
天空最好晴朗一会

2023.05.11

机器人素描

你在车间看到的机器人
大多是一只独臂
别小看，就是这只独臂
也能穿针引线，也能抚平焊接的伤疤
甚至能怀抱一个数字涌动的时代
你看不到机器人的头、腿、脚、身子
更看不到它内部的图像
它很懂得省略和留白
或许它会玩障眼法
准确地说，它的思想
也是冰山一角

2023.05.18

梦后记

风，肆虐于白昼
也肆虐于梦里
我和老邓在一条大河里游泳
别人也在游
这是一截急拐弯的河道
但并没有把大风引入歧途
用来备汛的石头，突然从大堤上飞起
像天上的陨石飞向地球那般迅疾
水鸟和船只不见踪影
一位泳者被石头砸中
"随风满地石乱走"
这是砸向我最轻的石头
老邓从河底捞起石头
已长出根须
一条装满石头的大河
给自己制造障碍

2023.05.24

粽叶是什么叶

幼儿园门口，两位奶奶
讨论起粽叶
一位点开视频说
粽叶就是芦苇叶
另一位说肯定不是
听见讨论的人，耳朵长出粽子
但没有谁自信做一名裁判
生活中一些用而不贵的东西
深不可测
不知是谁从百度里跑进跑出
宣布答案：粽叶包括笋叶、芦苇叶、荷叶、芭蕉叶
（粽叶是包容的也是开放的）
众人恍然大悟，这好比粽子馅不止一种
火腿馅、牛肉馅、松茸鲜肉馅、豆沙馅、红枣馅
皆能满足五月的味蕾
孩子们奔涌而出，被爷爷奶奶
牵着，走向一个不远的节日

2023.05.30

白云谷

白云谷，配得上天上沸腾的星群
你说星星如银子，如钻石，没错，但还没有还原星星
　　本身
午夜，啄木鸟、石蛙和草虫情不自禁地
赞美，靠近了一步
一群城里人，不辞辛苦跑到这儿
迷上仰望，得到安慰
他们用手机存储头上的北斗星和北极星
再也不担心迷失回家的路

2023.06.17

一道蓝光

一道蓝光，每天在光谷穿梭
契合光谷定义

地铁、轻轨、空轨各行其道
人与人在网中相连

空轨悬于空中
轻飘，但不轻浮

一个创新的王国
什么都可能被颠覆

比如空轨的脚长在头上
行进中不需要谁给谁让路

当然，你坐在车厢内
还是正眼看世界

一道蓝光，一部空中扫描仪
抬高一座新城的视线

2023.06.21

四月的江汉平原

四月的江汉平原，播种与收割重叠
你无法描述它的弹力
小河边，一对夫妻挥动连枷
打菜籽，一个排子升起，一个排子落下
像鸟儿扇动翅膀
一个后退，一个必然向前
反之亦然，齿轮咬住齿轮
有人听见齿轮的密语和村庄的节律
菜籽和四月需要拍打，从白色的荚里蹦出
一粒粒黑褐色的精致
滋养人间
零零星星的老人，坐在自家门前
像拒绝语言的哲人

2023.06.29

舵

小沙洲，将一条河流
分割成两条

一头正在河洲上
啃吃水草的黄牛

无法将自己切割
大雨之后，河水暴涨

黄牛慢条斯理咀嚼孤洲
没有半点想上岸的意思

没人担心它被淹死
当然也不注目野水的愈合

夕照中，黄牛如金色的舵
——掌握流水的方向

2023.06.29

兴隆水利枢纽工程印象

在李埠镇，长江伸出一条手臂，牵起汉水
这就是兴隆水利枢纽工程
奔腾了亿万年的江水，突然鹞子翻身
北折而上
六十公里的水路，需要放大镜
才能看清它细微的倾斜
一条人工河
高于长湖、拾桥河、西荆河
并穿过它们，穿过平原腹地
于是有了水在水上流淌，水在水下交往的神奇
于是有了倒虹吸
天上彩虹反身降落人间
排灌闸和节制闸
收放自如，楚水安澜，月光下喝酒要节制
河边钓鱼要节制，肥沃的土地饮水要节制
"稻子、鱼虾、油菜、棉花都在它的流程内"[①]
千里平原就是千里锦绣
一滴水就是一滴善知识，无论留在长江
还是迁徙到汉水
使命都一样：润泽
南水北调，引江济汉

---

① 李鲁平诗句。

江河湖库，干流支流，丰水贫水
连成一张巨网
祖国血脉流畅

2023.06.30

无题（五）

七八个游泳爱好者逆水而游
一只白鹭贴着水面穿过水雾
我与他（它）们以同样的方向，在岸上行走
寻找阻力
只要没有大山的阻挡
我会一直走下去，走到她的身体里面去
她等了我许多年

2023.07.06

暑中有虎

空调开了一夜，给我清凉
也拿走我的水分
早晨洗脸，手指鲜红
原来流鼻血了
不同于柏桦下午四点的鼻血
用凉水拍打后颈窝，这是小时候
大人教的止鼻血的方法，仿佛
一滴水可以安慰或断喝一滴血
今日小暑
仿柏桦"雪中狮子骑来看"
拟一句
"暑中有虎"

2023.07.07

爱 情

即便户外三十九度
也有恋人在火辣的太阳下拥抱
女孩子双脚离开滚烫的大地，发出咯咯的笑声
男孩抱紧笑声身子后仰，弯曲的钢柱
万物后退
爱情面前，再高的温度
也不值一提
爱情面前，灰飞烟灭

2023.07.13

凭　吊

在鄂北岗地会不时看到
残断的水槽
它们曾是一条完整的多节虫
将清水和星月
从这座低丘送至那座低丘，干渴随时
得到拯救
水槽的腿就是水的腿
不知何时，它们许多腿没了
只剩下小半截身子
成为水的遗骨
一律红砖砌成
有如田野上一道拉直了的彩虹
好像听见有人说，就让它们搁在那儿吧
好像不这样，田园就会荒芜
它们站在时间之内时间之外
至今横在麦子和玉米之上
仿佛特意留给庄稼凭吊
那个年代，我们的人民用双手
干了不少把地上的水往天上搬
之类的大事

2023.07.15

知了龙

在紫龙山下太平山顶
你听到的知了声
有如口哨，比马尾松还要挺拔
有人说，是因为富集的负氧离子
扩大了它们的肺活量
你甚至相信，再过几年
它们会变成山里的龙
一只来自平原的知了
噤若寒蝉

2023.07.20

精　灵

当我踏上一条乡间水泥小道
夹于林子般的玉米中间
一只麻雀落在我前面
停一停，又噗噗地向前飞一飞
且左顾右盼
生怕将我带进了田沟
跟着它，一步一步走到了
一家农家乐
难道它是农家乐主人所养？
或许，它就是这个美丽山村的一员
这小小的精灵
小小的欢喜
那个端坐在黄昏里的老汉，凝望水墨群山
和儿女般的庄稼
"我在他的肉体里站了一会"①
也成了一个醉山翁

2023.07.20

---

① 王天武诗句。

打开与折叠

跑进深山，随便找一处林子
扯起一张四只脚的白色天幕，四面敞开的容器
打开折叠椅和茶几
泡一壶红茶
像是与世隔绝又像是重新钻进世界的怀抱
清风涌来，空谷涌来，白云生下的马儿
涌来，鸟鸣蝉鸣涌来
天幕欲飞，茶盏欲舞，冲突化为乌有
一生的时光，总有几处
需要打开和折叠

2023.07.21

星期六的早晨

太阳还没升起，但山村
在属于它自己的时间里醒来
堰塘负责收集棒槌的原声
和回音
一只白鹭站在横跨堰塘的
电线上，拥有天空和水面两面镜子
一位老人在菜园里，手拈干草
将豆角茎系在竹竿上
校正它们生长的方向
老人嘀咕今年雨水太重，缺菜吃
他不知道台风"杜苏芮"
偏偏将借道他的村庄
红薯长势旺健，一位中年妇女
正撅着屁股翻藤，相信翻身才有好日子
辣椒、茄子、苦瓜、南瓜、葫芦
保持这个季节的闪光
迎面走来一位八十岁的大爷
脖子上挂着一个小音响
黄梅戏悠悠扬扬，一个时代对接一个时代
山路边的板栗树，已结出毛刺刺的果子
每一根针刺像是随时准备
扎向不喜欢的事物
这个星期六的早晨，我穿过许多人的缺席

穿过乌云山下这个寂静的山村
满眼是光的雕刻

2023.07.29

金色的寺庙

从西宁飞玉树
一个身着黄色袈裟的僧人
有意排在队伍末尾
好像要挡住身后的什么
并最后登机
一座金色的寺庙
安放在了机舱

2023.08.04

游张掖七彩丹霞

如果只有雪山和绿洲
河西走廊就算不上
最完美的彩带
经过盐海腌制的色彩
具有更强的防腐力
就是雨水，或祁连山雪水
也无法熄灭这亘古七彩火焰
波浪的唯一性，压倒
世上所有的丹霞
赤橙黄绿青灰黑
是富有也是局限
鸟儿远遁，唯有蓬灰草
一副金刚身
背对七彩丹霞，你
回到色盲

2023.08.04

玉 树

土拨鼠在草地上嬉戏追逐，新鲜的洞口难以掩藏
而高原的秘密渐渐敞开
在叶青村，一只鹰盘旋成
长江第一湾的样子
每头牦牛都有自身的重量，但奔跑起来
黑蹄轻如八月的风
选择隆宝湿地安家，黑颈鹤胜似仙鹤
羊羔花、紫苑自顾自地开放
悬崖上能长几株崖柏就长几株
悬空也有支撑
所见大大胜过所想
流水昼夜不舍念诵经文
它们的高度，是高原的高度
它们的自在，是神的自在
玉树，是一株可以皈依的大树

万里长江第一湾

一上路，就没有坦途
在叶青村，紧紧环抱一座浑圆的大山
一松手，就是离家万里的泪水

2023.08.05

草原节日

数千顶帐篷

齐聚嘎嘉洛草原

数千朵花儿同时绽放

一个节日就是一份鲜艳的邀请函

油饼、麻花、糌粑、肉干

西部生活史的美味

而代替马车的越野车也不是什么怪兽

白云降落，是另一顶帐篷

草原的辽阔胜于草原的荒芜

草原有多少棵绿草，草原人就有多少支牧歌

虽然错过赛马，但遇见的汉子都是骑手

我们还看到了

足球、风筝

这些从草原上长出来的新事物

2023.08.06

甘南之绿

高海拔的夏季，行走于甘南
一路上，辽阔的草地喂养着我的双眼
短短几天
我便被喂成了一头肥壮的羊或牛

2023.08.15

女 儿

一匹年轻的青灰色的马

我抚摸，它低下头
长长的睫毛遮住黑水晶的眼
此时的落日也有几分羞涩

它用鼻子和嘴蹭
女主人的手掌，仿佛掌心长有一片嫩绿的草

它，是女主人的另一个女儿
你看，它的尾巴被编成辫子
甩来甩去，在我们面前

2023.08.15

火，或旗帜或红蜻蜓

她在花湖湿地的栈道上玩自拍
冷风中，一袭鲜红的裙子
所有身着厚衣的游人停下脚步
用目光为她添火
她载歌载舞，裙摆翻飞
不知道自己是一团火
或一面旗帜或一只红蜻蜓
更不知道，自己是一首
收不拢翅膀的诗
水禽和绿植
忘了归位

2023.08.16

神的女儿

一顶孤零零的帐篷
帐篷边一个女人
手持铲子，弯腰直腰，上身微微后仰
流水似的一气呵成
将晒干的牛粪一块一块甩过肩
送入背篓
根本不用扭头向后看
（她当然不会错将落日
也当牛粪丢进背篓）
想起曾经看过的一段视频
一位农妇，在山地里掰苞谷
掰一个就往背篓里丢一个，不曾一次失手
我宁愿相信，她们长着四只眼睛
能看到我们看不见的东西
我相信，她们都是神的女儿

2023.08.21

风　景

在扎尕那景区入口处，遇见一对来自北京的
退休夫妻
刚出西藏，头上保留雪山的消息
男人负责做攻略，女人负责开车
各有分工，但不曾一刻分离
他们五次进藏，这次进藏
目的是穿越羌塘
穿过熊的咆哮，穿过野藏驴和藏羚羊
的蹄音，穿过雪莲的呼吸
在无人区聆听神的旨意
每前行一步是压迫也是突破
他们已有五年自驾游的历史
一部商务车被改造成房车，四海为家
男人说：出门不在乎你的装备有多
豪华，而在乎你能走多远
女人说：家里的日子外面过
旅途中颠簸出来的认识
高于平淡无奇的生活
他们从不制订详细的出门计划
想在哪里停留就在哪里停留
活到随心所欲的份上
他们也成了一道风景

2023.08.22

茅田乡的月亮

十五的月亮十六圆
七月十六晚，茅田乡的月亮
像是刚刚吹足了气的气球
沿着张大顶的南坡
慢慢往上爬
（傻瓜才会担心它会像石头滚回山脚）
一旦爬到山顶
孩子们就会最先听到鼓声
跳广场舞的女人们就被精微雕刻
然后所有人闻到桂花的芳香

2023.09.01

访茅田乡

一个大山里的小镇也有会有它的完整
车行、五金、花坊，应有尽有
市场监管所、公路养护站白底黑字
牌子醒目，各尽其责
它所拥有的，平原小镇不一定拥有
比如腊肉批发、石材加工、中药材收购
一条老街，一条新街
平行于传统和新潮
汉堡与蛋糕相邻
铁匠铺更名为某某锻造，饭店冠以灯火阑珊
一家名为波浪湾美容美发店
波浪滚滚
清凉的事业开始在夏日升温
小镇生活在生活中
五家猪肉铺每天浇灌
三千人的舌尖
临街而居的人，将煮熟的土豆片
晾晒在门前的笆簸上，远看如金币
女主人介绍菜油炸出的土豆片最香
家家门前点缀几盆花草
绣球花、月季花、太阳花
为小镇添香
小镇与乡村没有篱笆

街道伸向农田菜地
躬身地里的人，一眼难辨他的身份
是村民还是市民？
微耕机销售店和庄稼医院
谦恭地站在农民一边
沙县小吃和重庆小面落户于此
一所足球特殊学校
紧盯世界球王
小镇胸襟不小
三岔河穿镇而过
一年多数时间，一河卵石
代替一河流水
小镇的人绝不阻挡山洪的出路
也不制造虚假的流水镜
他们永做自然之子
深蓝的天空下，茅田乡
一粒精美的玛瑙
我有克制不住
佩戴它的愿望

2023.09.04

登 山

上午的任务是登高，爬八卦梁子
山道一半被杂草覆盖
带路的小潘持一根树枝
在前面探路
他不停挥枝抽打
像是要打出一个隐藏的山鬼
一条小溪传出闷沉沉的声音
真像是山鬼被掐住了喉咙
仔细看，才知是附近山民
牵一根塑料管接引泉水所致
至今，他们偏爱山泉胜过自来水
就像蓝天总是偏爱荒野
一路上没遇见山鬼
半山腰倒是遇见小精灵的信物
松鼠咬碎的松果如金屑，完美的咀嚼
考验着我们恢复一枚椭圆的能力
突然看见，一只鸟像一块石头把自己扔来扔去
从一棵树到另一棵树
我们的肺新鲜如黎明
爬到山顶
目光越过省界，望见巫山
相信巫山人也能望见我们
隔空交换，省去许多麻烦

白云依附天空
"除却巫山不是云"
这是谁说的?

2023.09.05

一栋高楼矗立湖边

一栋高楼矗立湖边
从侧面看，是一条帆船
这大概是设计者的初衷
但也有人说是一把刀
抽刀断水水更流
还有多少比喻
埋在漩涡里

2023.09.13

芒果之光

再普通不过的傍晚

公汽正要进站，一位差不多

八十岁的老妇人开始颠颠地跑动，努力赶上这班车

右手攥紧一袋不透明的生活

她的跑动加剧空气的波动

她的跑动将自己的高龄甩在身后

天下还有谁的老母亲

在路上奔跑？

司机稳稳刹车，从后视镜伸手

搀扶一把

上车坐好，老人的呼吸

合上一车人的呼吸

落日，将最后的芒果之光

送给了这座城市

2023.09.21

秋　雷

秋老虎发威，以两根胡须撩醒盛夏
一声炸雷来自东边
西边的人也可能听到了
大声音并没有引发天上大动作
地上的人不知所措
直到第二天深夜
才有像样的雨水降落
才有良田和人泡在水中 [①]

2023.09.22

---

① 化用罗伯特·勃莱诗句。

迂回的捷径

导航显示，沪蓉高速一路飙红
一个盛大节日动员大转移
放弃直线，迂回南下
仿佛南方才是我们的故乡
迂回，带我们跨过
从未跨过的嘉鱼大桥，跃出江面的鱼脊
"南有嘉鱼，烝然罩罩"
迂回，带我们靠近充满歧义的小镇
——燕窝，一份补品还是一个鸟巢？
突然闯入眼帘的湿地，让我们不湿身
也触摸到了菖蒲的剑锋
和光滑的地球之肾
稻田正由绿转黄，江汉平原
即将披上黄金甲
稻浪是否涌动属于形式上的范畴
颗粒归仓才是实质
秋日的阳光下，透明丰盈的人间
你已明白，迂回也叫婉转
多走四五十公里
撇开堵车的羁绊，缩小时间的尺度
不妨说，迂回是另取捷径

2023.10.05

观垂钓

有一群人，往往在野外的时间中
找到适合的位置
面水而坐，十几根钓竿
伸向一口鱼塘
像是一次丝线的聚合
不需要划分界限，何况
鱼儿们也不会将自己锁住
钓竿平行于水面，而钓线垂直
工厂化生产的鱼饵呈抛物线
撒出陷阱般的窝子
水面上的几何图谈不上丰富，但可弥补空旷的单一
垂钓者都有专注的品格
一双眼睛训练成浮标的化身
鱼儿们可以走神，但你不能
水底的秘密，露出水面之前
定力必须接受考验
在水边打坐，混浊的水面成不了
你的镜子，但水域
是你敞开的庙宇
两只白鹭站立塘边
与你互为模仿
十分钟之内，一位高手
手中钓线两次紧绷，弧度柔韧完美

两条十余斤的青鱼如梦初醒
向他请教其中的奥秘
他说就是天天钓
多像写出好诗的秘诀
就是天天写
一天坐下来，即便一无所获
也有所得
垂钓者的空守，并非生活的虚构

2023.10.15

陪孙女观儿童剧

几乎所有的剧场，都要保持安静
唯儿童剧场辟出一条释放的通道
"皮皮！皮皮！"
这不是演员的台词
当主人公皮皮沉睡之际，家中闯入两个盗贼
台下小观众不约而同
要喊醒皮皮，喊醒世上所有
能够帮助皮皮的人
孩子们天生就能分辨好人坏人
孩子们不懂正襟危坐
想欢呼就欢呼，想跺脚就跺脚
黑暗中也拒绝隐藏
孙女咯咯咯的笑声，有如一把蓝钥匙
打开我皱巴巴的心门
做一回儿童，就像是抖开一件
洗净的蓝衣衫
皮皮的爸爸去哪了，皮皮的妈妈去哪了
"我的爸爸坐在左边，我的妈妈坐在右边"
夹在温暖中间，孩子们也多于皮皮的忧伤
这个来自瑞典的女孩，穿着长袜子
一迈步，就走到了中国儿童中间
好故事容易飞向四方
再仔细看，台上的成年演员

都怀揣两颗心，其中一颗
始终向孩子倾斜
给他们掌声
不如给他们塑个雕像

儿童剧院坐落商业区
世界的繁华，消不了它的磁

2023.10.20

无题（六）

飞机越飞越远，越来越
接近地平线
你以为它在下降，其实还在上升
有的人离开，有的人原地不动

2023.10.20

磐 石

路中间，一只乌鸦
小汽车驶来，它不紧不慢走向路边
颈部和腹部的白
仿佛是它镇定的磐石
它有白色的羽毛
但并不能颠覆宇宙的视觉
无人写出这样的诗句：
一只洁白的乌鸦

2023.10.27

逐　日

小时候写作文
常喜欢写下这样的开头：
我们迎着朝阳向前
而今天，六十岁后的今天
我们坐在游艇上
迎着落日，携带浪花行驶在浩瀚的湖面上
落日又红又大又圆
一群水鸟也向落日飞去
仿佛那里有什么迷人的东西
而落日从不接纳
万物的追寻

2023.11.08

破　绽

气压低下去，鱼儿浮上来
一群胖头鱼露出缺氧的大嘴
一张一合
像是给湖面开洞补洞
至此，你才相信
精密的湖水也有其破绽

2023.11.09

青城山问道

问挺拔的柳杉和长不高的
竹叶草：
我们因何而来
问雨问雾：
我们因何而去
问淙淙溪水：
我们是否流动
雨雾中，我们看不清的事物
神仙也看不清

清幽之境
"有人在思想，脸上现出阴凉的光辉"[①]

2023.11.12

---

① 顾城诗句。

太古里漫步

风中，没有黄透的银杏叶
也在飘落，环卫女工一枚枚收集
尚未成熟的金币

这儿的主调是潮流，名包名表名鞋
在透亮的橱窗里标新立异

一幅广告占据一面外墙
广告中的一对年轻人，分不清是男是女

清晨的太古里异常冷清
昨夜的灯火仍在睡眠

不难发现，时尚之外
尚有持久

一座七八米高的青砖字库
自清朝站到现在

一栋老建筑的宽大屋檐
庇护一位打太极拳的中年男子，像是卯与榫的结合

行走在城市内部，遇见转折

也遇见延展

2023.11.13

听一场诗歌讲座
——致柳宗宣

音频导入，从自己钟爱的山居开始
从一首诗出发
将山里的阳光带入都市阶梯教室
黑皮夹克自带光的鳞片，粉笔带你移动
像是在山径徜徉
投影与板书在墨绿色黑板上
交替，陶潜、王维、里尔克
曼德尔施塔姆相继走上讲台
朗诵自己的作品
你穿梭于主客体之间、虚实之间
在诗行里频繁转折
一层层剖开诗的石头，呈现纹理
词语次第攀升，冲破天花板
年轻的学子们在墨绿色的波浪上起伏
涌起潮湿的亢奋
诗意，并未因浓重的方言受到磨损
你讲得最多的是，回到母语
不知不觉，学子们
在一个冬日上午，回到了东方庭院

2023.11.17

江滩公园

江滩公园，一条玻璃顶的
长廊在薄雾中
延伸虚无
西头，一位老人
埋头制作拖把，脚边
散乱着锤子、剪刀、老虎钳
好像长廊是他一个人的作坊
自带的红色收音机，正播放
于魁智的《姜子牙》
再平常的生活，也有韵味
老人告诉我们，今年八十有二
只要天气好，他每天骑摩托车来这
他的产品销到长春、三亚
需求埋伏于东西南北
谋生，已不是唯一的选择
他是怕荒废一门手艺
荒芜了眼前的空阔
何况，世间每天需要打扫
江流也需要擦洗污垢

秋风里，亲爱的老者
一尘不染

2023.11.23

夜间飞行

十个小时的航程，我们一直
追逐黑夜
从飞行屏幕上看到，飞机
像颗钉子
一点一点往前钻
但谁也没听见
黑夜疼痛的呻吟或呼喊

2023.11.25

波兰原野

在波兰原野上，一棵树
无论在丛林之中，还是之外
都有自己的位置
你看，一棵孤零零的树
也有自己的婆娑和光影
当鸟儿飞向它们
它们莫不受宠若惊

2023.11.25

北欧之冬

一入冬季，北欧便阴云低垂
低到近乎落于人间
走在前边的人，不要走得太快
否则，三两步
你就走进了乌云，甚至走上歧途
世界被丢失
你再也无法转身

2023.11.25

镜　子

一面墙上，是谁设计的？
大镜子套上小镜子
你可以自己跟自己玩游戏
从一面镜子切换到另一面镜子
但休想影子重叠
一张脸只能拥有一面镜子
你露出脸的地方叫喧哗
露不出脸的地方叫荒凉

2023.11.26

科苏特广场

零星小雨，落在科苏特广场上
七八个幼儿紧跟托儿所保育老师的步伐
走进广场，最小的几个
还穿着连裤服呢
风从北面吹过来，也从西面吹过来
这群孩子好像是出门吸收雨水的
并在湿润的广场上移动奶油小蛋糕的影子
东边的议会大厦和南边的塔吊影子
也在此聚拢
老师暂时替孩子们接受
政治与劳动的图画
一棵圣诞树安于广场一角
我靠近这群孩子
相隔万里的黑眼睛与蓝眼睛
在此相遇
我送给他们东方的黑陶罐
他们回赠我蓝色多瑙河

2023.11.28

深　巷

在斯普利特老城的深巷里
迎面走来一位打红伞的女郎
擦身而过的一瞬间，四目相对
我看见的是火
她看见的是风
墙石微微晃动

啊，如此古老逼仄的深巷

2023.11.30

交响乐

在亚德里亚海湾
一波波的海浪涌向岸壁
激起数丈高的浪潮
前赴后继的死推动前赴后继的生
枕海入眠
梦里，自始至终指挥交响乐
浑身湿透，从头到脚都是飞溅的泡沫

2023.12.04

哭三舅

从此，遍身疼痛化为灰烬
胸部的、腰部的、前列腺的
灰烬那么轻，不值一提

一个生命的逝去，并不阻挡别的生命
喷涌，你佝偻身躯种在门前的油菜
碧绿葱翠，一株蜡梅树
提前亮出花朵
绽放的消息说给谁听

门前搭起塑料棚，骨灰盒
安放在你日常吃喝的四方桌子上
表弟表妹帮你系上领带的遗像
露出中国农民的微笑

锣鼓家业已经响起，你的孝子孝孙
缓缓后退，八个丧夫
也不愿快步送你出门
天色暗淡适合一个人的葬礼，雨在预料之中
通向那边的路，亦兼风雨

村庄墓地，又添一块墓碑
碑头上飘飞的引路幡子

为你导航，我们
跪下，身子低于你的身子
村庄旋转，泪眼模糊
方向

2023.12.11

被鲜花簇拥久了的人，也会成为鲜花

花店，当然
摆满鲜花
除了常见的，还有不常见的
如跳舞兰、洋牡丹、飞燕草、雪柳
今天是平安夜，一位小伙子走过来
"老板，我要一枝玫瑰"
年轻的女店主给他一枝红玫瑰
一朵花也是花，一朵花
也能在寒风中一路燃烧
不一会儿，又进来一对老年夫妻
他们始终挽着手
丈夫问妻子想要什么花
妻子说百合
也是，还有什么胜过百年好合
在花店看见的不仅仅是花
女店主来自咸安区，一个人
成天在店内忙忙碌碌打理
每一次旋转带动花的旋转
被鲜花簇拥久了的人，也会
成为鲜花
她的样子，多像她家乡
大幕山春天绽放的迷人的樱花

2023.12.25

岁月交替

酒瓶与地板砖相触
引发空气爆炸
引力无处不在，正如
时间无处不在
今年最后一天，相约朋友小聚
从家里翻出一瓶红酒
一不小心从手中滑落
一幅红色图画瞬间绘就

那一会儿，世界只有一种声音
"砰"，碎玻璃刺进生活
叫响旧年的疼痛
浓郁的酒分子散开
就像过去了的时光再也不能回到
完整的容器

岁月交替，总有一些破碎
总有一些修复或新生
当我们举起酒杯
整齐的玻璃映照新的青灰色的黎明

2023.12.31

碧潭观鱼

东湖碧潭，锦鲤
将水底的火焰
托举出水面
岸上的人啊，拿什么
与它们交换

2023.12.31

图书在版编目（CIP）数据

白鹤 / 李昌海著. -- 武汉 ： 长江文艺出版社，
2024. 10. -- ISBN 978-7-5702-3759-3

Ⅰ. I227

中国国家版本馆 CIP 数据核字第 2024M41P77 号

白鹤

BAIHE

责任编辑：王成晨　　　　　　　责任校对：毛季慧
封面设计：川　上　　　　　　　责任印制：邱　莉　王光兴

出版：长江出版传媒　长江文艺出版社
地址：武汉市雄楚大街 268 号　　　　邮编：430070
发行：长江文艺出版社
http://www.cjlap.com
印刷：湖北新华印务有限公司

开本：880 毫米×1230 毫米　　1/32　　印张：8.375
版次：2024 年 10 月第 1 版　　　2024 年 10 月第 1 次印刷
行数：4698 行

定价：58.00 元